仕事は楽しいかね？2

Dale Dauten
デイル・ドーテン
野津智子＝訳

THE GIFTED BOSS

きこ書房

THE GIFTED BOSS

by Dale Dauten

Japanese translation rights arranged with
Margaret McBride Literary Agency in California
through The Asano Agency, Inc. in Tokyo.

私の規準と志気を高めてくれた三人の友人に捧げる。
ジム・フィッケス、リチャード・グディング、ロジャー・アクスフォードに。

したいことをしてこそ、人は成功する。
それ以外に成功する道はない。

——マルコム・フォーブズ

才能には二種類ある。
人造の才能と天与の才能だ。
人造の才能があるなら、懸命に努力しなければならない。
天与の才能があるなら、時折それに手を加えるだけでいい。

——パール・ベイリー

仕事は楽しいかね？２――もくじ

プロローグ

使い古された決まり文句のように、多くの人が繰り返す。「年をとって人生を振り返ったときに、いったいだれが『仕事にもっとたくさんの時間を費やせばよかった』などと言うだろう」オーケー。それはわかる。しかし、それならば、どうすればいいのだろう。人生を振り返るとき、人はいったい何にもっと時間を費やせばよかったと思うのだろう。

この小さな疑問が、最終的に私の人生を変えることになる。探しうる限りの、経験と知恵を兼ね備えた人生の先達に会い、彼らの歩んできた道のりについて尋ねてみたが、すぐに重大なことに気がついた。老いた人たちに後悔について語ってもらうのは不可能だ、ということに。経験を重ねるにつれ、人は過去を甘受するようになる。聡明な人間は、自分のみを責め、老いた後はその自分をも許してしまうのである。人生を省察することとは、積み重なった愚かさを一層ずつ剥《は》がしていくことだ。もしかしたら最も優れた英知とは、「私は愚かだった!」と言って笑うことなのかもしれない。

その発見が、この物語の出発点である。私はいまようやく、これまでの仕事人生において、自分はなんと愚かだったのかと笑う自由を得たのだから。

第1章

〝ほんもの〟の上司に出会ったことはあるかね？

人生の先達に聞いた話について考えを聞くために、私はついにマックス・エルモアに電話をすることにした。彼は最後に頼るべき切り札だった。年配の、ちょっと変わった、しかし英知を秘めた人である。

彼とはオヘア空港で初めて出会った。時ならぬ五月の吹雪のせいで空港に足止めされていたときのことだ。当時の私は未熟な会社人間だったが、やる気を失い、抑圧感と挫折感にさいなまれていた――あの夜はそうした思いがいっそう強くなっていた。苛立《いらだ》ちをつのらせる何千という旅行者と同様、壁にもたれて座りこみ、かばんを枕に仮眠をとろうとしていたせいだろう。

私は体を休めることができないまま、格子縞のズボンをはいた老人が眠れずにいる子どもたちと遊んでやっているのを、仏頂面《ぶっちょうづら》で眺めていた。子どもたちが遊び疲れてしまうと、老人が私のそばに来て隣に腰を下ろした。聞かれるままに私は自分の生活について不機嫌そうに答え、フラストレーションをぶちまけた。老人は私を不平不満の塊にしておこうとはせず、巧みに諭し、教えを授け、ついには私の人生を変えてしまった――それも、たった一晩で。

数時間にわたる会話の中で、向上のためにはまず変化が必要だ、と彼は語った。まぐれや偶然といった創造の天使の贈り物を楽しむ方法も教えてくれた。その夜、私は〝試してみることに失敗はない〟という新しい金言を知った。それから数週間のうちに私は革新的な人間として社内で評判になり、次から次へと新しいプロジェクトに引っ張られ、トントン拍子で昇進していった。しかし実を言えば、マックスに出会った夜以降に手にした成功こそが、いま直面している難題――望む以上に出世してしまったという難題を引き起こしていたのである。

マックスなら人生の先達の話を分析する手助けをしてくれるに違いないと、私はついに電話をかけた。受話器の向こうに彼の声が聞こえると、私は言った。

「話を聞けば聞くほどわからなくなってしまったんです」

マックスが尋ねた。

「それで、聡明な人々と話をして、きみはどんなことをもっとしなければと思うんだね？」

「本当の意味で生きること、しっかりとした経験を重ねることです」

「いい答えだ。では、そうした経験の中で特に大切な要素はなんだろう」

「自分のまわりにいる人たちです」

「そのとおり。大切なのは単に経験を積むことではなく、ほかの人たちと一緒に経験することだ。E・M・フォースターの小説、『ハワーズ・エンド』に出てくる言葉を覚えているかい？〝結びつきを考えよ〟ってね。簡潔な言葉で表された人生哲学だよ」

その言葉は大切な真理として深く胸に響いた。しかし私はすでに、いくつもの重要な現実の問題に忙殺されている。私はマックスに言った。

「人生について考えると、いつも堂堂巡りをしてしまいます。私は人生の大部分を仕事に費やしているので、多くの時間をかけて考えるのも仕事のことなのですが」

私は言葉を切った。次に言おうとしていることは、よく考えるべき大胆な計画だという自覚があった。胸にある迷いが声に表れないようにしなければ。

「会社を辞めて、コンサルタントになったほうがいいかもしれないと思うんです。そして、家族と過ごす時間をもっと持つべきではないかと」

沈黙があった。マックスに賛成してもらえたとして、良かったと思うのか、それとも期待を裏切られた気がするのか、自分でもよくわからなかった。私の仕事は皆がうらやましがるほどのものだ。同僚は皆まじめ。給料も待遇も悪くない。それでも、会社に行きたくないと思う朝がある。月曜の朝をわくわくして迎えるべきだと、会社が〝月曜日ばんざいキャンペーン〟なるものを始めたときには、私は口をへの字に曲げて黙り込むしかなかった。

ついにマックスが口を開いた。

「フットボールのコーチだったジョン・マッデンが、テレビのアナウンサーになる決心をした経緯《いきさつ》について語っているのを聞いたことがある。コーチを辞めてまもなくのことだった。たしかこう言ってたな。『私は、家族と過ごす時間を増やしたいと思ってコーチを辞めた。でもしばらくして、家族のほうは、私と過ごす時間をもっと持ちたいなどとは思っていないことに気づいた。だからまた仕事をすることにしたんだ』」

彼は笑って言った。

「仕事を辞めたあとのきみの姿が目に浮かぶよ。一年もしたら、奥さんも子どもたちも、きみに見つからないようにこそこそ逃げまわるのさ」そして子どもの口調を真似て高い声を出す。「しーっ、隠れて。またパパがこっちへ来る。あたしたちと一緒の時間を過ごそうとして」

二人して声をあげて笑った。マックスは、私の家族が昔からしっかりした絆《きずな》で結ばれていることをよく知っている。いまにして思えば、私は疲れきって出口を探してるだけだと、彼は見抜いていたのかもしれない。ため息まじりに私は言った。

「でもこれで、ますますわからなくなってしまいましたよ」

マックスが声をやわらげた。

きみの求める答えは〝仕事をしない〟ということではないと思う。必要なのは、人と人との〝結びつき〟を仕事に取り入れることなんだ。

最高の仕事は人間同士の結びつきから生まれるものだ。なのに僕たちはそういう性質を仕事からむしり取ってしまった。古くさい命令系統は崩れつつあると思ったが、多くはそう見えるだけ。チームだのコーチだのと言っても、ほとんどは委員会や管理職が呼び名を変えただけだ」

いま勤めている会社に関しては、彼の言うとおりだった。私は会社勤めを辞め、自分で小さな事業を興し、その事業を大きな会社に譲った。そして〝チームリーダー〟、つまり小さな部署の責任者になった。部署で働く部下も、数十人抱えた。

「それで」マックスが言った。「きみは本当の意味で上司と〝結びついて〟いるかね？」

「まあ、一応」

答えたものの、歯切れが悪いことは自分でもわかっていた。上司たちは頭も切れるし仕事熱心だが、私は一日の半分を彼らのお役所主義につきあうことに費やしている気がした。

「彼らのことが好きかね？」

「そうとは言えないでしょうね」

「彼らのようになりたいかね？」

「いいえ」

「きみのもとで働く部下についてはどうだろう。〝結びつき〟を考えているかね？」

「彼らのことは気にかけていますよ」

「それじゃあ十分とは言えないな。〝気にかける〟という言葉はクジラの保護にだって使う。〝結びつく〟のとは違うよ」

私は少し自己弁護に走った。これでも一部署に身を捧げる良い上司のつもりなのだから。いくつか反論をぶつけてみたが、マックスにかかっては自分で自分の首をしめる結果に終わっただけだった。

こうして私は〝撃沈〟され、マックスとの短い、しかし仕事上の人間関係に対する私の見方を完全に覆す会話が始まった。

〝ほんもの〟の上司に出会ったことはあるかね？

マックスが聞いた。「会うのが楽しみで、きみを高いレベルに引き上げてくれる人、という意味だけど」

　私は即答せず、ある人を思い浮かべて考えてみる。マックスが先を続けた。

「ポルシェ社の元CEO、ピーター・シュッツが、いま話しているような人間関係のことをこう表現したことがある。〝その人と一緒にいるときの自分がいちばん好きだ〟とね」

　それを聞いて答えがわかった。そんな上司に会ったことは一度もない。彼は次に、私自身の部下の管理方法について聞いてきた。

「部下との関わりといえば、彼らの問題を解決してやることばかりです」私は悩みを打ち明けた。「列をなして待っている部下たちの相手をするだけで、一日が終わってしまいます。彼らは、困ったことになったとか、へまをしてしまったと言って、途切れることなくやって来るんですから」

　私は部下たちの力になってやるうちに、本当の仕事、つまり好きで得意な自分の仕事を放り出してしまった。そして組織のための配管工として、水漏れしている企画や流れの悪い処理過程《パイプライン》に対応する日々を送っていた。

私の愚痴を聞き終わるや否や、マックスが笑い出した。「なんです?」と聞くと、彼はおかしそうに答えた。

いいかい、
きみは自分の部署の神になろうとしているんだ。
そりゃあ大変だろうさ、神様になるなんて。

それから彼は私のもとで働く人々の中に〝ほんもの〟の部下はいるか、と聞いた。彼の言う〝ほんもの〟の部下とは、管理される必要がなく、上司にいい仕事をさせ、部署全体をより高いレベルに引き上げるような部下だという。少しばかり部下を裏切るような気がしたが、いない、と答えるしかなかった。それから私たちは、〝ほんもの〟と呼べる人材についての話に移っていった……。

「ところで、採用についてのきみの哲学を聞かせてくれ」マックスが言った。

そんなものは無論ない。ただ、自分は優秀な管理者で、人事部が適任だとしてまわしてくる人間に優れた成績をあげさせられる、と信じるのみだ。

しばらく話したあと、マックスは思いもかけない表現で私の採用方法を要約した。

「つまり、こういうことだな。きみは人事部がよこす候補者の中から選んで採用する。その人事部は、求人広告を出したりしてあちこちから送られてくる履歴書を、データベースか何かに放り込んでおくわけだ。大学のバスケットチームのコーチなら、そういう人間のことを〝ウォークオン〟と呼ぶ——これといった経歴もなくやってきて、試験を受ける選手のことをね。ともかく、〝ウォークオン〟の寄せ集めチームときみは、優秀な人材を世界中から探し集めたチームと試合をしているわけだ」

私としては、なんとお粗末な戦略かと言われている気がしてならなかった。それで、人脈を使うこともある、と言い添えた。実際、業界団体で知り合った女性を雇ったことがあった。

「なるほど」マックスがうなずいた。「じゃあ、優れた人材に魅力を感じてもらうために、きみは何をしている？」

「うちの会社は他社に負けない給料と手当てを出しますし、職場環境も整っています」

とたんにマックスは語気も荒々しく言った。

「ダメだダメだ、そんなのじゃ！」

あまりの大声に、私は思わず受話器を耳から離してしまった。

「自分の言葉がわかっているのかい？　いま言ったことをよく考えてごらん。きみは実に危ない表現をした。

〝他社に負けない給料〟というのは、〝ふつうで、平均的で、ほかのみんなと同じくらい〟ということだ。

〝職場環境が整っている〟も同じだよ。それは職場として典型的という意味で、言い換えるなら一般的で標準的ということだ。結果的にきみは、平均的な環境で平均的な報酬を提供するのが自分のやり方だ、と言ったことになる。言うなれば、自分の凡人ぶりを世間に示しているわけだ」

屁理屈に聞こえないこともなかったが、彼の言っていることが正しいのはたしかだった。

「きみに必要なのは〝最強の逸材〟、つまり独創的な考え方をする人、独立独歩のできる人だ。同僚はもちろん上司のことも向上させる人。新たな行動規範を打ち立てる人。そういう人は〝ウォークオン〟ではあり得ない。仕事を探すこともめったにない。そういう人材を手放すのは間抜けな上司だけだ。まあ、そういう間抜けがいてくれるのは、ありがたいけどね。でも多くの場合、きみのほうからそういう〝最強の逸材〟のいるところへ出向いて、自分のもとへ来てくれるよう説得しなくてはいけない。しかし非凡な人間は凡庸な文句で口説き落とせるものじゃない。

僕が使っている口説き文句を教えてあげよう。採用のための方針だと思ってくれ。

それはね、

最高の人が働くにふさわしい最高の場所

というものだ」

たしかにその言葉には説得力があったし、もしそうなったらうちの職場環境のほぼすべてがどう変わるかも容易に想像がついた。しかしその言葉を私の職場に当てはめることはできない――予算カットのお目付け役がたえず目を光らせているような職場には。

私は言った。

「最高と言える人材を雇う余裕があればいいんですが。まして、〝最強の逸材〟と言えるような優れた人間となるととても」

「本当の意味で優れた人材が何を求めているかを把握してしまえば、彼らを雇うのに多額のお金なんて必要ないことがわかると思うよ。それどころか、僕の経験では、ぜひほしいと思う人材は掘り出し物的に手に入るものなんだ」

マックスはそう言って言葉を切ったが、私は黙ったままだった。掘り出し物かどうかはさておき、そんな魅力的な人材が本当にいるのだろうか。

マックスの声がして、私は胸にうれしさがこみ上げるのを感じた。

「黙っていることで、かえってきみの気持ちがよくわかるよ。どうやらいろいろ話をする必要があるみたいだね」

それから彼は、踊り出したくなるような提案をしてくれた。

「〝ほんもの〟の部下にふさわしい〝ほんもの〟の上司になる方法を知りたいのなら、ついでに〝ほんもの〟の上司にふさわしい〝ほんもの〟の部下になる方法も知りたいのなら、直接会って話をしないと。丸一日かかるよ。二十四時間。いつがいいかな――」カレンダーをめくる音。「うん、この日がいい。見せたいものもあるしね。一週間後にフェニックスで、どうだい?」

こうして私はアリゾナへ飛び、風変わりなビジネスの天才、マックス・エルモアに再会することになった。

第2章

優れた上司は、常にお役所的な体制と戦っている。

マックスが指定した待ち合わせ場所は、スカイハーバー空港のいちばん古いターミナルにある、空へ舞い上がる不死鳥像《フェニックス》の下だった。

彼を見つけるのは造作もない。飛行機が遅れたために急ぎ足で通路を歩いていくと、百メートルほど向こうに例の格子縞のズボンが見えた。さらに近づくと、きれいに後ろへとかしつけられた白髪まじりの髪とループタイがはっきり目にできた――黒いひもに、トルコ石か何かのついた銀の留め金のループタイ。マックスらしく、通りすがりの人たちに面白おかしく話をしている。近くまで行くと、本のタイトルを思い出そうとしてマックスが悪態をつくのが聞こえた。

「僕には写真みたいに正確な記憶力があるんだが……残念ながら、記憶の即日プリントサービスはもうおしまいみたいだ」

マックスはだれより大きな声で笑っていた。それがマックスという人だった。七十歳を超え、沈黙には成功をもたらす力があると知りつつ、ボリューム全開で生きている人。

私に気づくと、マックスはやあやあと言って私を抱きしめ、背中をバンバンたたきながら、とてつもなく大きな声で歓迎してくれた。それから頭上を指差して聞いた。

「きみときみのキャリアに敬意を表して作られたこの像は気に入ったかね？」

巨大な、ごてごてした感じのフェニックスだった。灰の中から飛び立つところなのは、言うまでもない。

荷物を受け取ると、私はマックスに従って、レンタルしたシボレー・マリブを止めておいたという場所に向かった。黄色い斜線の引かれた、トラックが荷物を積み降ろしするためのスペースだった。トランクが開けっ放しになっていたが、マックスの説明によると、そうしておくと空港の警備係は許可を受けた車だと判断するらしい。

マックスが言った。

「僕は友人の家に厄介になっているんだが、きみも一緒に泊めてもらうといい。友人夫婦はニューヨークへ行って留守だから、気がねもいらないよ」

その家は、サウス・マウンテンの南、サンタフェ様式の家々が岩山を背にして連なる通りにあった。ピンク色の漆喰《しっくい》壁でできた、古いが構えの大きな家の私道に、マックスが車を入れる。家の中に入ると、床はスペイン風のタイル張りで、壁には鮮やかな色が大胆に塗られていた。

十月の、実に気持ちのいい日だった——暖かな日差しがふりそそぎ、涼やかなそよ風が吹いている。裏のパティオで、マックスが、チョコレート色をした錬鉄製の椅子《いす》を勧めてくれた。低い塀の向こうに、荒涼とした大地が傾斜をつけながら岩山のほうまで広がっている。ニョキニョキと腕を生やした背の高い無数のハシラサボテンと、時間《とき》が止まったかのような静けさと。いまにも、ジェロニモが馬にまたがり、一族のインディアンを率いてこの大地を駆け抜けていきそうな気がする。

プシュッという缶を開ける音で私は我に返った。ペプシを差し出してマックスが言う。「今日の午後、人に会うことになっている」そして私の向かい側に腰を下ろして話し始めた。「だけどその前に、目標を確認しよう。僕はきみの上司たちを、きみに夢中にさせたい。夜も眠れないほど、きみが部下であることを神に感謝し、と同時に他社へ移りはしないか気が気でないと思わせたい。きみをもっと喜ばせるにはどうすればいいか、あれこれ考えさせたい。ここまで、異存はないかね？」

無論、言うことなしの目標だと思ったが、そんなこと無理です、私の職場では起こり得ないですよ、という言葉がのどまで出かかった。彼はさらに言った。

「ただ、きみは組織の中間層にいる人間だから、〝ほんもの〟の部下になりたいと思うのはもちろんだが、〝ほんもの〟の上司になる必要もある。きみの部署を〝人を惹《ひ》きつける職場〟に変える方法を教えてあげよう。本当に優れた人材、つまり〝最強の逸材〟が、きみの仕事場の噂《うわさ》を聞いて、なんとかしてそこで働きたいと夢見るようにしたいんだ。どうだね？」

私には笑って皮肉を言うことしかできなかった。

「なるほど。上司は私のことを神に感謝しながら眠れないまま横になっている。いい部下になりそうな人材は私のもとで働くことを夢に見る。つまり皆さん寝床の中ってわけですか」

マックスが椅子から身を乗り出して私の肩をつかんだ。

「きみが小生意気な奴だということを忘れていたよ。だから気に入ったのはたしかだが」

それから彼は、〝ほんもの〟の上司や〝ほんもの〟の部下とはどういう人物か、そこから話を始めよう、と言った。

そして、その日最初の、目から鱗《うろこ》の落ちるような話が始まった……。

「はっきりしているのは、〝ほんもの〟の上司と〝ほんもの〟の部下は、同じものを職場に求めている、ということだ」

マックスは、どこに持っていたのか革製のファイルを開き、一枚の紙を取り出した。

「要点をリストにまとめておいたんだ」と彼は言った。まるで、英知に満ちた老人が途方に暮れている会社人間のためにそうするのは当たり前、というように。

その紙にはこう記されていた。

一、職場において、才能を〝相乗作用〟させることは可能である。

〝ほんもの〟の上司と〝ほんもの〟の部下が職場に求めるものは同じだからだ。

・自由——管理がない、平凡でない、愚か者がいない

・変化

・チャンス

このリストには面食らった。いきなり、〝才能を相乗作用させる〟とは。しかし私がいろいろ質問し始めるより早く、マックスが話し出した。

「心底〝優れている〟と思える上司について、いろんな人に話を聞き始めてすぐにわかったことだけど、才能ある人々の多く、おそらく三人に一人は、〝ほんもの〟だと思える上司に出会ったことがない。一度でもそういう上司に巡り合った人は、ほとんどいないね。巡り合ったことがあるという人には、そういう上司は並みの上司とどこが違うのか、と聞いてみた。彼らの多くが真っ先に、しかもいちばん熱心に語ったのは、どれだけ自由だったかということだ。

・私を信頼してくれた。
・みんなをお役所主義から解放してくれた。
・干渉しなかったし、ほかの人が干渉するのも許さなかった。

そこで今度は優れた上司たちに、いい部下とはどんな部下かと聞いてみた。いちばんに返ってくる答えは、部下たちが言ったこととまったく同じだった。つまり、どれほど自由かということだった。

上司のほうは、部下を監視する義務、すなわち管理したり命令したりする義務から解放されている。

・何をしなければならないか、私より彼女のほうがよくわかっていた。求めるべきものを、彼女のほうが教えてくれた。
・彼のすることにはなんの心配もいらない。私よりいい仕事をしてくれるのだから。

つまり、〝ほんもの〟の上司と部下は、互いを管理の苦痛から解放しているわけだ。すべてを把握し、すべてを支配するなんていう役割は放棄してね。彼らが手を取り合えば、従来の管理機能、つまり指示を与え、監督し、チェックするなどという体制はまるで意味を持たなくなる。

指図ではなく信頼するんだ。信頼に書類は必要ない。

マックスは言葉を切り、質問は？　と言うように眉をぴくぴく動かした。

「理解はできますよ」私は言った。「でも、管理する必要のない部下なんて想像もできません。私がいまいちばん困っているのは、自分の本来の仕事ができないことです。部下たちの手助けをしてやるだけで、一日が終わってしまうんですから」

マックスがうなずいた。

「そこが管理の根本的な問題なんだ。数字を使って考えてみよう」

彼は大判のメモ用紙を取り出し、大きく「10」と書いた。

「ある社員が働く時間数だ。一日十時間。当然、彼は手助けがほしいと思うだろう。そこで上司に頼んでアシスタントを雇う。そうして彼も人を管理する立場になる。労働時間は一日八時間に削減される。新人アシスタントと同じ時間だ」

マックスはこう書いた。

管理者　10－2＝8
アシスタント　8

「彼がそのアシスタントを教育し、仕事をフォローし、管理するために一日二時間を費やすとしよう。もちろんアシスタントも同じ二時間という時間を、管理されるために使うことになる」

紙の上の数字が変わった。

管理者　10－2＝8　後に　8－2＝6
アシスタント　8－2＝6

「最終的に出てきた数字を足すと何時間になる？　十二時間だ。次に、最初は何時間だったか見てみてくれ。十時間だよ。つまり会社の立場からすると、社員の勤務時間が一日十時間から十二時間に増えただけで、コストがほぼ二倍になってしまったわけだ。管理職の人間を増やしたくないと会社が思うのも無理はない。だが、管理職の人間が自分のためにアシスタントを雇いたがるのも無理はない。そこで必然的に、組織の中に緊張した状態が生まれてしまう」

マックスは身を乗り出し、熱っぽく語った。

「もしその管理職の人間が、管理にさらに一時間、おしゃべりに三十分使ったらどうなるだろう。実際、新しい部下を雇うと、仕事をする時間が減ってしまうものなんだ。だから――」彼の手が私のひざをがしっとつかんだ。

優れた上司は、常にお役所的な体制と戦っている。

椅子に座り直してマックスは話を続けた。

「だがその戦いに勝てば、戦利品として、優れた上司と部下が手を取り合い、〝才能を相乗作用させる〟チャンスが生まれる。上司も部下も、いまいましい管理の関係から解放される。それどころか互いに良い刺激を与え合うんだ。完璧な協力態勢だよ。優れた部下を持ったとたん、きみはもっと仕事をはかどらせるにはどうしたらいいか、次から次へとアイデアが浮かぶようになる。やがてきみもきみの部下も、自分一人だったときより素晴らしい力を発揮できるようになる」

私はうなずいてマックスの熱弁に調子を合わせようとしたが、心の中にはさまざまな疑問が渦巻いていた。そんな気持ちを察して、マックスは言った。

「きみの部署に、五人の部下がいるとしよう。成績のいちばん悪い部下には辞めてもらい、代わりにきわめて仕事が速く創造力のある人を採用する。自分自身がてきぱき仕事をこなせるだけでなく、ほかの人のレベルも上げてくれる人、効果的な仕事のやり方を心得ている人だ。そんな優れた部下が一人いるだけで、部署全体の生産性は二倍になるだろう」

そして最後に、ドキリとするような厳しいことを言った。

「ただし、いいかい？　そのためにはまずきみが、本当に優れていると言える上司にならなければいけない。優秀な人間を受け入れ、やる気にさせられる、〝ほんもの〟の上司にならなければ」

第3章

優秀な管理職の基本的な仕事は、管理することじゃない。

マックスは椅子の背にもたれてそよ風に吹かれ、トカゲが塀づたいに追いかけっこしているのに目をやった。それから強い調子で再び話を始めた。

優秀な管理職の基本的な仕事は、管理することじゃない。

マックスが私をじっと見た。

「ではどんな仕事か、わかるかい？　優れた上司の仕事は、魅力的な職場環境をつくることだ。いい部下を——つまり、管理する必要のない部下、同僚ばかりか上司さえも向上させる、そんな部下を惹きつける環境をつくることなんだ。どうだい？」

そんな超人的な部下がいるとはやっぱり信じられなかったが「きっと理想的な職場になるでしょうね」と私は答えた。

「本心では信じてないだろう？」

マックスは椅子の背にもたれたまま、疑わしげな視線を投げてよこした。やっぱり、見抜かれたか。

「きみが信じないのは、〝最強の逸材〟を見かけることがめったにないからだ。彼らは職を求めて歩きまわったりしないからね。彼らに出会うには、いると信じること。妖精と同じさ」

自分で言った言葉にすっかりご満悦で、マックスは例の体の底からわき起こるような大声で笑ったが、笑いすぎてとうとう咳き込み出してしまった。ようやく咳がおさまると、「並みの上司と〝ほんもの〟の上司との違いだ」と言って、リストを差し出した。そこには、優れた上司の特徴が並んでいた。

「部下についても同じことが言えると、じきにわかると思うよ。上司にも部下にもいろんなスキルが必要なんだ。そこにはたいていＩＱ（知能指数）、ＥＱ（感情指数）、ＡＱ（成就指数）、つまり就職するときに僕たちが引きずっていく三点セットが含まれている」

そして独りごとのように言った。「いや、僕たちのほうが引きずられているのかも」

余計な考えを追い払うように頭を振って、彼は先を続けた。

「本題に戻ろう。そこには、優れた上司の特徴と思われる資質を書き出してある。項目の半分でも自分に当てはめようと思ったら並外れたエネルギーがないとだめだし、先見の明かカリスマ性、もしくはその両方を持った人だと感じさせる〝何か〟が備わっていなければならない。それがあってこそ、〝ほんもの〟の上司なんだ。部下にも当てはまるかと聞くなら、答えるまでもないね」

そして、リストについて説明し始めた。一番目の項目は、私に対する嫌味かと思えるような内容だった。

並みの上司：他社に負けない給料や待遇を示して、「うちで働かないか」と誘いをかける。

優れた上司：「きみ自身の才能を開花させるチャンスのある、素晴らしい環境で働かないか」と誘いをかける。自分の部下は皆がほしがる人材だとわかっているので、彼らを惹きつけておける職場をつくろうとする。

「多くの企業が他社を真似る」

マックスは、私たちがオヘア空港で初めて出会ったあの晩にもした話を繰り返した。

「できたばかりの小さな会社も、業界の巨大企業の真似をする。これでは、どこの職場も似たり寄ったりになってしまう。そして、きみのところと同じような雇用戦略をとっている会社は――」長い間をおいて、もったいぶった表情と口調をつくる。「〝他社に負けない〟給料や待遇だと言って、うちは平均どころの会社です、という旗を掲げているんだ」

彼は身を乗りだし、ことさら強調するように言った。

「管理職の人間はみな鏡を見ては、そこに映った自分をリーダーだと思っているんだろう。でも、映っているのはたいてい、浮き出し文字の名刺を持ったただの会社人間だ」

その瞬間、私は、自分の名刺をきわめて自慢に思っていることを自覚した。なにしろうちの会社では、〝偉く〟なると高価な名刺を作ってもらえるのだ――浮き出し文字が入るばかりか、カラー刷りになる。マックスが話を続けた。

「〝ほんもの〟の上司はまず第一に、みんなに働きたいと思ってもらえる場を思い描き、そういう場をつくり出す。有名なプログラムがいくつかある。たとえば、そう――」彼は何度も指を鳴らした。まるで、そうすれば空中から記憶が引き出せるとでもいうように。「事務用品で有名な3M(スリーエム)社の〝十五パーセント・ルール〟。社員は好きなプロジェクトを自分で選び、勤務時間の十五パーセントをそれに充てるんだ。このプログラムなら〝我が社は並みの職場とは違います〟と言っていることになる」

最後のフレーズを、マックスは演説調の太い声で言った。

「でも、ちょっとした思いつきみたいなものでも、並みの職場じゃないということは宣伝できる。たとえば、チャイナ・ミスト・ティー社のCEO、ダン・シュヴェイカーは、会議室のテーブルをビリヤード台に替えてしまった。くだらないと思うかもしれないけれど、これは新風を巻き起こすための第一歩として、とても大切なことだった。彼は、重役用の駐車スペースも廃止した。そういう象徴的な変化がまずあって、次第に社内の雰囲気が変わり、社員の気持ちも弾んでくる。ダンの部下の一人は僕に、『職場というのは息のつまるような重苦しいところだとずっと思っていましたが、いまはなんだか楽しい休暇を過ごしているような感じですよ』と言っていたよ」

マックスが言葉を切って私の表情を見た。納得していないと判断し、また話を始める。

「インサイト社の例をあげよう。景気のいいコンピューター販売会社で、実は明日の朝、訪問しようと思っている。設立したのはまだ三十代の兄弟だ。その一人、エリック・クラウンは、新しい本社ビルを巨大なX字形にした。いろんな部署の人たちが廊下でぶつかるようにしたいと考えたんだ。もちろん、文字どおり衝突するわけではないけれどね。それから、〝カジュアル・フライデー〟ではなく〝フォーマル・マンデー〟という日を設けた。週に一日だけ、社員はカジュアルな服装ではなく、昔ながらの背広にネクタイという格好をするんだ。身体障害者が働く企業二社と、社員を派遣してもらう契約も結んだ。彼らの働く姿を、きみも見てみるといいよ。彼らは働くことに喜びを感じている。その日々の勇気が、インサイト社全体の志気を高めている。体の不自由な人が必死に廊下を歩いているのを見たら、吹き出物のことで落ち込んでなんかいられないからね」

話はさらに続いた。

「タイヤズ・プラスという会社の例もある。タイヤ販売のチェーン店だ。ここの本社には、フィットネス・ルームはもちろん、マッサージ・ルームや瞑想用ルームもある。タイヤを扱う会社なのに、瞑想するための部屋があるんだ。びっくりだろう？」

マックスは夢中になって話していたが、私はまだ納得がいかなかった。私が黙っている理由を探るように、彼は、レンズクラフターズ社が世界規模で展開した、心あたたまるプロジェクトの話を始めた。この会社は、世界中の貧しい人々百万人の視力を無償で検査する、という目標を掲げた。社員は競うようにそのプロジェクトに参加し、発展途上国をまわっては、視力検査をし、無料で眼鏡を配布したという。この企業のＣＥＯ、デイヴ・ブラウンに会ったときに、プロジェクトでの自らの経験を聞かせてもらった、とマックスは言った。

「ブラウンはメキシコの片田舎で一週間、社員にまじって仕事をしたそうだ。視力の測定や度の調整はしたことがなかったので、準備と片付けが彼の役目だった。数日間は作業をそばで見たり手伝ったりしていたが、そのうち彼も村の人たちに眼鏡をかけてあげることになった。次から次へと順調に作業をこなしたが、やがてほとんど目の見えない若い女性の番になった。その女性はほんの数センチ先の物がぼんやり見える程度だったんだ。刺繍《ししゅう》をして生計を立てていたんだが、毎日、布と糸を鼻に押しつけるようにして模様を確かめながら作業していたらしい。

ブラウンがいちばん度の強い眼鏡を取り出してかけてやったとたん、女性は眼鏡をつかみ、金切り声をあげて地面に倒れてしまった。ブラウンは、目を突いてしまったのだとばかり思い、どんなひどいことになってしまったかと彼女のそばにひざをついた。言葉をかけようとしていると、叫び声を聞いた通訳が飛んできたが、通訳はブラウンとすすり泣く女性を見てにっこり笑った。『彼女はこう言っています。これは奇跡よ、目が見える、神様が手を触れてくださったんだわ』神様が手を触れてくださった、だよ。これって一種の奇跡だろう？　仕事に対するきみの考え方も変わらないかな」

感動したのはたしかなので、私はそう言った。しかし、どの話にも感心はしたが、それは〝面白い話〟としてであって、職場選びの〝決定基準〟としてではない、とも言わざるを得なかった。私がまだ納得していないのを知ると、マックスは気分を害されたとでも言いたげにどさっと椅子の背に身を投げ出した。

「きみは、自分が型にはまった考え方をしていることに気づきさえしていない。ガラスの溝だよ。自分が狭い狭い溝の中を流されていくことを、きみはまるでわかってない」

私はそのイメージに笑ってしまった。

「そうさ、ガラスの溝だよ！」

マックスは怒鳴るように言って身を起こし、テーブルをバンとたたいた。ペプシの缶が震える。それに彼が気づかなかったのは、時計に目をやって立ち上がったからだった。

「おしゃべりはここまで。人を惹きつけてやまない職場を訪問する時間だ」


私たちは再び車に乗り、フェニックスのダウンタウンへ向かった。

「ジョン・ジェンゼールのことを話しておかないとな」

セントラル・アヴェニューを走りながら、マックスが言った。名前を口にしただけで、おかしそうに笑っている。

「社員は彼のことを〝ライオン〟と呼んで、いろんなライオン・グッズをプレゼントする。ぬいぐるみとか、ポスターとかをね。僕はしょっちゅう、そのことで彼をからかっている。そんな男だよ、これから会うのは」

やがて私たちは、高層ビルに取り囲まれるようにして立つ、ある小さなビルの前に車を止めた。フェニックス・ビジネス・ジャーナルのオフィス。受付らしいところには、だれひとりいなかった。まだ四時半なのに、その日の営業はとっくに終わってしまったかのようだった。マックスがそのまま奥の部屋のほうへ進み、私にも来るように手招きする。音を立てないように入ったその部屋には、二十人ほどの社員が集まっていた。みんな思い思いに椅子や床に腰を下ろして、詩を朗読している男に視線を注いでいる。

「あれがそうだよ」マックスがささやいた。「我らがライオンだ」

なるほど、歩き方はゆったりと自信ありげで、ライオンのようだった。しかしテレビのニュースキャスターと言ったほうが、もっとぴったりくる。高そうなスーツに、格好よく結ばれた、渋いが主張のあるネクタイ。シャツのダブルカフスには金色のボタンが光っている。

最初の詩がアルフレッド・テニソンのものだということを、私はあとで知った。ある一節の最後の一行は、とても時宜を得ている気がした。

目を見張るような偉業がなされるかもしれない。

神々と戦った人間に、なしてならぬはずがない。
岩礁からきらきらと光がきらめき始める。
長かった日が落ち、ゆるゆると月が昇る。
大海原のうなりが、幾多の声と和していく。
行け、わが友よ、
新たな世界を求めるのに、遅すぎることはない。

テニソンの詩がしばらく朗読されたあとで、その詩のイメージや表現について意見が交わされた。しかし全部が真面目な意見というわけではなく、冗談も飛び交った。それからジェンゼールは一冊の恋愛詩集を取り出し、これを持ってきたのは実はスティーヴなんだ、と言った。みんながどっと笑う。スティーヴという社員には、よほどいわくがあるのだろう。だれもがすっかり夢中になっていて、朗読とおしゃべりはさらに三十分ほど続いた。社員が家路に向かうと、マックスとジェンゼールは肩を抱き合い、思い出話をし、それからようやく先ほどの朗読会のことに話題を移した。

「うちが出しているのは週刊のビジネス紙です。社員の多くは、週刊ビジネス紙を作りたくてジャーナリズムの学校に行ったわけではありません。それにうちには、大手の日刊紙のような情報の供給源もありません。でも、だからといって、物書きとして成長し、腕をあげることができないはずはないし、力強い文章とはどういうものか、考えられないはずもありません。それで週に一度、ニュースルームで詩の朗読会をすることにしたんです。いまではみんなが詩を読むようになったし、優れた文章について考えるようにもなりましたよ」

マックスがジェンゼールの肩に腕をまわして補足した。

「世間に対してどんなセールスポイントになるか、そんなことはどうでもいい。ただ、いまここで働いている人たちが、将来ここで働くことになるかもしれない人たちにどんな言葉を言えると思う？〝なあ、うちの会社じゃみんな作家としての腕を磨いているんだぜ。詩の朗読会まであるんだ〟」

マックスは私に向かってニコッと笑い、私は、素晴らしいことだと思う、と正直に言った。彼らは夢中になれるものを見つけただけではなく、共に熱くなれる時間を持っているのだ。マックスが言った。

「きみも〝自分なりの詩の朗読会〟を始めないとね。これは実はニッチ・マーケティングの話なんだ。いいかい？　きみは自分の部署を会社に売り込む。部下になってくれるかもしれない人にも売り込む。自分の部署の売りにしたいと思うものを一つ定めて、その強みを伸ばす方法を考えるんだ。大事なのはこの後半の部分だ。経営者や社長は〝ビジョン〟だの〝ミッション〟だのと目標は掲げるが、それを達成する手だてとなると考えようともしない。

革新を宣言することと、
独創性を伸ばす方法や
独創的な思考を促す方法を考え出すことは、
まったくの別物なんだよ。

ジェンゼールが例をあげてマックスの意見を後押しした。

「フェニックスとアトランタにオフィスを構える、アフター・ダークという広告代理店があります。年間目標を達成したので、報奨としてみんなでパリへ行ったんです。実にいい旅行でした。旅費を少し足せば、夫婦で参加することも友だちを誘うこともできました。また、過密スケジュールをこなすだけの〝お仕着せ旅行〟でもありませんでした。みんな思い思いのところへ行き、自分なりの体験をしたんです。旅行中も帰ってからも、こんなデザインを見た、あんなデザインを見たとみんなで盛り上がりました。美しいものに夢中、って感じですね。いまは次の旅行を計画していますよ――イタリアへの旅行をね」

しばらく話をして、私たちは新聞社をあとにした。車に戻ってから、私は言った。

「詩の朗読会のおかげで、うちの部署に関して自分にできそうなことが少し見えてきましたよ。少なくとも部署の一部に関してはね。あの手の取り組みは、頭を使う仕事をする人たちにはいいですね。しかし私の部下は半数以上が、事務や製造の仕事をしているんです。彼らには悪いなと思っています。正直言って、退屈な仕事ですから」

マックスは間髪を入れずに話し出した。

「マギー・リフランドの例をあげよう。コロラド州のリゾート地に、保険代理店を三店舗開いた女性だ。彼女がまず取り組んだのは、いかにも流れ作業といった仕事のあり方を見直すことだった。作業は細かく分けられ、だれにでもできるくらい単純なものになっていた。これではどんな下っ端の人間でも退屈してしまう。この単純さのせいで多くの人が転職したり不満をつのらせ、その結果、いつ人が入れ替わってもいいように仕事をもっと単純にするという悪循環が生まれていた。そこでリフランドは考えた。〝経営者本人もやりたくないと思うほど退屈な仕事なら、どうして社員にそれをするように言えるだろう?〟

彼女は、社員がてんでんばらばらに座ったまま仕事をしていること、みんなが仕事以外の活動を大事にしていることに気がついた。なにせ、そこはコロラドのリゾート地だからね。

それまでこの保険会社では、一人一人に受け持ちのクライアントがあって、担当範囲のことは全部その人が一人で処理することになっていた。そこでリフランドは、資料を集中管理して、すべての社員がすべてのクライアントを担当し、社員同士が助け合えるようにしたんだ。仕事を共有するようになった結果、出勤は週四日、休暇は年三週間、それに社員同士で勤務日を交換することもできるようになった。さらには、業績の伸びに応じたボーナスが、四半期ごとにみんなに平等に支給されるようになった。

転職する人はぐっと減り、やがて高い能力を持った人たち、つまり職場をえり好みできるような人たちが集まるようになった。すべての始まりは一つの問いかけだった。

自分がしたいと思わない仕事を、なぜほかの人がしたいと思うだろう？

上に立つ者が、利益だけでなく、ゆとりをも——すなわち、所有することの喜び・満足感・柔軟性・自由さをも分け与える。そういう他社にない仕事のやり方が評判になって、この会社に優れた人材を惹きつけることになったんだ」

「それでも」難しそうな問題でマックスをやりこめるチャンスとばかりに、私は言った。「退屈な仕事には変わりないですよね」

マックスが思いっきり顔をしかめた。

「きみの言うとおりだ。作業にすぎない仕事も、たしかにある。けれど、仕事は仕事として割り切って、単調でもあまり気にしない人も大勢いる。現にロン・ヒーリーというコンサルタントは、〝三〇《サーティ》／四〇《フォーティ》〟というプログラムを考え出した。製造工場の勤務時間を週四十時間から三十時間に減らし、しかも賃金はそのまま、というプログラムだ。六時間の交代制で、勤務時間中の休憩は一切なし。生産性が上がり、入社希望者は増え、質も高まる。逆に、転職と欠勤とミスは減少する」

「六時間の間、休みなし？」私は従業員たちに同情した。「それは改善と言えるんでしょうか」

「こういう論理なんだ。人間が本当に精力的に働けるのは一日およそ六時間。工場に何時間いようと、それは変わらない。それなら、六時間だけ拘束して、あとは解放してあげたらどうだろう。ヒーリーいわく〝従業員に自分の時間を返してあげる〟わけだ。さらに彼は、その工場の仕事は大半が機械を補助するような作業で、単調でつまらないものだとも認めている。そんな仕事がさもやりがいのあるものであるかのように見せかけることを、彼はしなかった。その代わりに、ほかのことをする時間を従業員に与えた。社員の一人が言ったそうだ。『仕事は最高とは言えないけど、人生は最高です』って。

こうして、〝我が社は並みの職場ではありません〟という看板が掲げられることになる。いまでは入社を希望する人の順番待ちリストができているそうだ。単調な仕事で、ライバル会社では働き手が不足しているのにね」

セントラル・アヴェニューを通ってダウンタウンを走り抜けながら、マックスがニコッと笑って言った。

「さてと、信じられないような話をしよう。ハンバーガーのウェンディーズの創始者、デイヴ・トマスがこんなことを言っていた。事業計画なんか、会社を始めたときもなかったし、いまもない、ってね。ただ、彼にはささやかな夢が一つあった。自分のレストランを持つこと、うまくいけば、近くに三つか四つチェーン店を持つことだった」

興味のなさそうな私を、横目で見る。

「違うよ、〝信じられない〟のはここじゃない。信じがたいのは、彼がウェンディーズ一号店をオープンさせたのが、ケンタッキー・フライド・チキンで〝ほんもの〟の上司として何年か働いたあとだった、ということだ。トマスは優れた部下を大勢知っていたが、あまりに人数が多くて全員を雇う余裕がなかった。それで、店舗の数を増やし始めた。なんとかして一人残らず受け入れようとしたんだ。彼は僕にこう説明した。

『私のもとでまた一緒に働きたいという人たちには、給料は弾めないよ、と話しました。けれど彼らはこう言ってくれたんです。そんなことは大した問題じゃありません、とね。これはぜひともっと多くの店をオープンさせなければと思いました。自分と共にあって自分を信じてくれる部下がいる限り、部下に対する責任を果たすべきでしょう』」

なんだか嘘《うそ》っぽい話だと言いたげな私を見て、マックスが言った。

「作り話みたいに聞こえるだろうけれど、彼から直接話を聞いたから、僕は信じた。それに僕自身、仕事をしていて同じようなことを感じた経験がある。素晴らしい部下を知ると、未来に思いを馳《は》せるんだ。この人と一緒に何ができるだろう、ってね。

さっき話した、チャイナ・ミスト・ティー社のダン・シュヴェイカーは、何年にもわたって営業を一任されていた。パートナーと彼は営業担当社員を何人か雇おうと考えていたが、もう一年先にすることにした。ところがそう決めた直後に、ライバル会社の営業マンが二人、彼のところで働きたい、と電話をかけてきた。二人だよ。会社は別々。それが同じ日に。ダンは、これは営業部門を少し改革すべきだというサインなのかもしれないと思った。それで二人を採用して、こう言った。『何をすべきか、こちらから指示するつもりはない。きみたちから教わるために雇うのだから』その後、この会社は社史に残る大きな飛躍を遂げた」

マックスが言葉を切り、深く息を吸う。

「話すのに夢中になりすぎて、危うく息をするのを忘れるところだったよ。〝人を惹きつける〟と言った意味がわかったかね？　ライバル会社にいる優秀な人材がやって来るということなんだよ。

顧客がヘッドハンターになることもある。スザンヌ・モレルードは、ミネソタ州でキッズ・ヘアという美容院を展開させているんだが、あるトップクラスのスタイリストが彼女のところで働くことになった経緯を話してくれた。そのスタイリストは電話をかけてきて、こう言ったそうだ。『お客さまが口癖のように、それは素敵な美容院なのよ、と噂されるんです』」

それからマックスは私のほうへ首を傾けて言った。「それが――」そして、私にその先の言葉を続けるように促す。彼の求めている答えが〝並みでない職場〟なのか〝人を惹きつける職場〟なのかよくわからなかったので、私は両方を言った。

マックスは傾けていた首をもとに戻し、話を結ぶ前に大切なことを付け加えた。「トマスは『給料は弾めないよ』と言ったが、そこには忘れてはならない重要なポイントがある。〝ほんもの〟の上司の、人を惹きつけるという魔術だ。企業の中には優れた人材を雇うのに破格の給料を出すところもある。こんなことを言った重役がいたな。『社員にやる気を起こさせる方法は知らんが、抱き込む方法なら知っている』だが、本当に優れた上司のもとで働き始めた人間ははっきりと知る。

給料よりもっと大切なもの、つまりチャンスと変化が得られることをね。

この上司のもとでなら、きっとチャンスに恵まれる、収入ならあとからついてくると信じられるんだ」

〝人を惹きつける職場〟についてのマックスの話は、理論としては興味深いものだった。しかし結局のところ、私は大企業の中にいて、管理機構と人事部に何から何まで支配されている。

「夢のような話ですね」と私は言った。「会社を辞めて、また自分で事業を興すべきなのかもしれません。そうでもしない限り、そんな夢はかないませんよ」

ほかの何よりチャレンジが大好きなマックスは、顔をしかめ、リストを出すように言った。次の赤信号で、彼は身を乗り出すようにして私が手にした紙の一点を指差した。

「一気にこの項目へ行こう。この項目を説明するには、軍隊にいた男の話がいいな。きみは自分に自由がないと思っているが、そんなこと！」

彼はシートに座り直し、私はその項目を読んだ。

並みの上司：明確な規則と規範を決める。

優れた上司：規則ではなく高い規準を決める。

（管理に関する標語で、いちばん良かったのはこれだ。

〝些細なことには寛大に、重要なことには細心に〟）

「それじゃあ聞いてくれ、ジョン・ウェルカーの話だ」尊大に首を縦に振って、マックスが言った。「いまはメリルリンチで株のブローカーをしているが、軍隊にいるときにその項目のことを実感したそうだ。彼は、ドイツに駐屯する砲兵大隊を率いる任務を命じられた。赴任後すぐに、その部隊の実力を見るために攻撃シミュレーションを行うことにした。一刻を争って大砲を準備しなければならないという状況設定でね。砲撃用意の命令を出して、彼はじっと見守った。それからもうしばらく見守った。彼の部下たちは無能ぶりをさらけ出している。三十分後、彼は立ち去ったが、部下たちはまだ奮闘していた。〝三ばか大将、戦争に行く〟そんな感じだったそうだ。とんだ茶番さ」

軍隊に入ったことはないが、同じような部下を持った経験は私にもいろいろあった。「いったいどうしたらいいんだろう。怒鳴り散らすべきか。手順マニュアルを熟読させるべきか。翌朝、ウェルカーはベテラン士官を呼んで尋ねた。『砲弾の準備にはどれくらいの時間がかかるものなんだ』答えは『約九分です』だった。ウェルカーはすぐに隊員たちのところへ行き、砲撃の準備を八分以内に完了する方法を考え出せ、と命令した。彼はその方法を教えなかった。ただ規準を定め、どうすればいいのかは部下たち自身に考えさせた。

数日後、兵の一人が、うれしくて仕方がないといった様子でやってきた。『もういつでもタイムを計っていただいてけっこうです』言うまでもなく、八分などというタイムは余裕でクリアした。この経験がきっかけになって、ウェルカーは、二百ページに及ぶ手順マニュアルをたった一ページの規準リストに変えてしまった。そして一年とたたないうちに、彼の部隊は世界でもトップクラスと言われるようになった」

この話に私が心を動かされたのを見て取って、マックスはニヤッと笑った。

「わかるかい？　世界のトップだよ。この出来事でウェルカーの人生観が変わった。彼は行動マニュアルを捨て、規準を――規則じゃない、トップレベルのものとは何かという定義だ――大事にすることにしたんだ」

その話は面白かったし、学ぶべきものがあるとも思った。しかし、私はマックスに言った。

「規則と規準の違いがよくわからないんですが」

そのときふと、計画を立て目標を設定するというプロセスを、以前からよくマックスがさんざんけなしていたことを思い出した。それで、ちょっとした意地悪のつもりで付け加えた。

「私には、規準は〝目標設定〟と同じに聞こえますけれど」

彼は唇をかんでブーッと息を吐き出した。

「オーケー、言葉のあやにしか聞こえないかもしれないな。規則、目標、規準……どれも同じではないのか、ってね。だが違う。〈規則（rule）〉の語源は定規のように〈まっすぐな棒〉を表すラテン語〈regula〉だ。型にはまった手順、つまりはお役所主義の代名詞みたいなもので、言うまでもないが〝破られるために作られて〟いる。〈目標（goal）〉の語源ははっきりとはわからないが、大昔のスポーツに由来すると考えられている。越えるべき〝線〟、つまり可能性を連想させる言葉だ。

どうも、きみと僕はつむじの曲がった友人同士という気がするが、ともかくこの二つの言葉と〈規準（standard）〉を比べてみよう。〈規準〉は〝尺度〟だけでなく、建築や旗竿に対して用いられるように〝まっすぐな支え〟の意味も持つ。語源には二つの可能性がある。〝しっかり立つ〟という意味を表すフランク語の〈standard〉か、でなければ〝集まる場所〟を表す古期フランス語の〈estandard〉かもしれない。

規準は、企業や社員の方向性を決定する。プロクター・アンド・ギャンブル（P&G）社と仕事をしたときだった。家庭用品の一分野に新たに参入するときの会社の規準を、社員の一人が誇らしげに話してくれたことがある。P&Gでは、顧客によるブラインドテストでその分野のトップ製品に勝たない限り、決して新製品を市場に出さないんだぞうだ。この明快な規準が、会社全体の方向性を決めている。研究開発部は他社の真似をして時間を無駄にしてはいられない。営業部隊は貴重な時間を費やして平凡なものを売り歩かずにすむ。際限なく続く議論や会議もなくなる。そして組織全体に業界ナンバーワンとしての姿勢が浸透する。

これこそが、規準の素晴らしさなんだ。規準とは、説得力のある声でこう宣言するものだ。〝ここにこそ、みんなの拠り所が、基盤がある。ここにこそ、他社を引き離し、抜きん出る術がある。そしてここにこそが、みんなが力を合わせるところだ〟」

マックスは言葉を切って私のひざをつかみ、思いを込めて言った。

一つの規準は千回の会議に匹敵するんだ。

それから、私が持っているリストに新しい項目を書き入れるように言った。

並みの上司：お役所的な体制の中でどう振る舞えばいいかを理解している。
優れた上司：お役所的な体制の外でどう仕事をすべきかを知っている。

私が書き終えると、彼は尋ねた。

「ところで、きみの会社には陸軍よりたくさんの拘束があるのかね？」

「そんなことはないと思います」

「だけど、きみの部署用の規準をつくるのは無理、かな」

「もういくつか思いつきましたよ」

それを聞いて、マックスは私の肩をポンとたたいた。

「よし、それでこそ僕の息子だ！」

彼の調子に合わせるように、私は言った。

「お役所的なところで働いているからといって、何も私までお役所的な考え方をすることはないんですね」

「きみがしなくてはいけないのは、お役所的ではない考え方だ。前に言っただろう、ガラスの溝にはまりこんでるって。きみは周囲の人と同じような考え方をする癖がついてしまっているんだ。それが悪いことだとは言わない。人間なんてそんなものだしね。でも他人より秀でた人間になりたいなら、意識してお役所的な考え方から抜け出さないといけない。素晴らしい職場をつくるのに、意識的に努力するのと同じさ」

いまだ。数年前にマックスが教えてくれた教訓を言ってみよう。

私は彼のお気に入りのフレーズを繰り返した。

〝違う〟ものにして初めて〝より良い〟ものにたどりつける。

マックスがうなずいた。

「きみは〝ほんもの〟の上司になって、優れた人材に対し、〝うちで働かないか〟と売り込めるような職場をつくろうとしている。そのためには、口コミほどいい方法はない。何か人の噂になるようなことをばらまくんだ《サムシング・トゥ・トーク・アバウト》」

彼はボニー・レイットの「サムシング・トゥ・トーク・アバウト」を、素《す》っ頓狂《とんきょう》な調子で口ずさんだ。やがて歌がHow about love?（愛はどうだろう）のところへ来ると、彼は言った。

「これが、僕たちが目標とすべきものだ。大切なのは愛なんだ。利益でも401kでもない——愛なんだよ」

マックスは、アリゾナ・センターという巨大な複合ビルの駐車場に車を止めた。

「ここで食事をしようと思ったんだが、座りっぱなしで老骨がキシキシいってるよ。ちょっとその辺を歩こうか」リストを持っていくように、とも彼は言った。

駐車場を出たのは午後も遅い時間で、傾いた太陽がビルの間にのぞいていた。私たちはダウンタウンをぶらぶらと歩いた。ハーバーガー劇場わきにずらりと並ぶいろんな格好をした裸体像の前を抜け、シンフォニー・ホールを通りすぎる。

散歩しながら、私はマックスの書いたリストを声に出して読んだ。

並みの上司：答えを教える。
優れた上司：質問を投げかける。
（部下に答えを見つけさせることのほうが、答えそのものより大切である）

私のことを指して言っているような項目だった。

「どうしたらうちの部署のアンサーマンをやめられるか、それを教えていただけたら、私の人生は一夜にしてがらりと変わるでしょうね」

「寛大すぎるんだよ、きみは。あれはたしか――」マックスがパチンと指を鳴らす。「教えてくれたのはピーター・シュッツだ。前に話したポルシェの元ＣＥＯだよ。どうも働きすぎだ、と彼にこぼしたことがあった。そんなに時間をかけて何をしているのかと聞かれたんで、『問題を解決している』と答えた。とたんにほとんど怒鳴るように言われたよ。『そんなの、やめちまえ！』いまのきみと同じ罠《わな》に、僕は陥っていたんだ。きみのところで問題を解決してもらえるなら、みんな何度でも来る。どうして、自分で解決するような危険を冒すだろう。きみが解決したなら、問題が起きて責められるのもきみ。それがおおかたの企業がやっていることさ。責任回避だよ」

「いまの話で思い出しましたよ。前にこんな記事を読んだことがあります。それによると、人々が売り込みを断るいちばんの理由は、妙なものを買って失敗したくないからなんだそうです。その記事を読んでからというもの、私は経営陣へのアイデアの売り込み方を変えました。私が〝この新しいプロジェクトではこんな素晴らしいことが実現できます〟とプレゼンテーションしているとき、居並ぶ重役たちの頭には〝うまくいきそうにない点はどこか〟ということしかないのですから。それで私はリスクを――とりわけ経営陣のせいになるようなリスクを最小限にする方法をきちんと説明し、さまざまな心配の種に対する〝予防接種〟を行うようにしています」

最初にマックスと出会ったとき、わたしは実に多くのことを学んだ。その一つに〝人は、変化は大嫌いだが、試してみることは大好き〟という、プレゼンテーションにも使える金言がある。変化は冒険だ。しかし試みならやり直しがきくし、ちょっと無謀なことだってできる。私は、新しいプロジェクトは試みと位置づけて、試験的なことを少し含めるようにしていった。

マックスは自分の知恵がいい形になって戻ってきた話を楽しそうに聞き、私の肩に腕をまわした。たそがれの中をこの聡明な老人と並んで歩いていると、まるで映画の登場人物になったような気分になる。

「さてと、きみ自身がどう問題に対処しているかはわかった。では、部下が質問をしに来たら、どうするかね？」

「答える代わりに、彼らにその質問をぶつけます」

「そのとおり。部署の管理をうまくやるには、一日中、二つの質問をするだけでいい。

もっといい方法はないか？
これがきみにできる最善のことか？

優秀な部下なら、どうしたらもっといい仕事ができるか考えて、きみに提案するだろう。ぜひやってみてくれ、ときみが言えば、彼らは有頂天になる。ここで次の項目へ移ろう」

並みの上司：部下の時間と努力を得る。
優れた上司：助力を得る。

私が目を上げると、マックスはまったく無関係に思える話を始めたが、じきにそうではないことがわかった。

「ニュース番組の中で、教会へ行って、日ごろ目にしているものにキリストや聖母マリアの顔が現れたといって紹介するコーナーがあるのを知っているかね？」

突然の話題の転換にクスッと笑って、私はうなずいた。

「何カ月か前にそういうリポートを見ていて、僕は教会を訪れる人たちの熱意と真剣さに心を打たれた。取材に来ただけの物知り顔のキャスターとは、比べものにならない。

そのときふと思った。長い間キリストのことを考え続けると、ついにはトルティーヤ（訳注／トウモロコシ粉を円形に薄く焼いたメキシコ料理）にキリストの顔が浮かび上がるのかもしれない。トルティーヤに信仰心が映し出されるんだ」

突拍子もない話に私は思わず笑ってしまったが、マックスは自分の考えに虜《とりこ》になった様子で話を続けた。

「それがロールシャッハ・テストの焼き直しにすぎないのは、無論わかっていた。ただ、そのとき、僕は思い込みの重要性を再発見したんだ。ふだんなんの疑いもなく考えていることにも、気をつけなければいけないと思った。そんなことを考えていたら、職場に関する面白い疑問が浮かんだ。〝組織の人々の心にはどんな強い思いがあるんだろう〟」

私は「仕事から逃れたいという気持ちでしょう」と答えかけたが、マックスによればそれは極論だという。彼は自分の考えをこう述べた。

「人々は企業によって、会社のことや規則のことをまず考えるように教育されている。それから、さっききみが言ったように、うまくいきそうにないところはどこか、ということも。言い換えるなら、みんなお役所主義にどっぷり浸かってる。なのに人にはお役所主義的な行動をしないでもらいたいと思っている」

「そこで」マックスは続けた。「優れた上司は、企業版〝集合的無意識〟を管理することになるんだ。いつだったたか、年に十四回もアシスタントを替えたという医者と話をしたことがある。どのアシスタントも、患者に対する気配りが、自分が思う規準に達していないように思えたそうだ。結局、その医者は外科医の友人を訪ねた。前にその病院に行ったことがあってね。そしてこう聞いた。『きみのところのスタッフは実に素晴らしいね。いったいどうやって探し出すんだい』外科医の話によると、応募者は、その外科医だけでなくほかのスタッフもまじえた面接を三回受ける。三回の面接で応募者はふるいにかけられるわけだが、最終的にはただ一つの質問によって採用か不採用かが決まる。こう尋ねるんだ。『あなたは患者に対して、どんな思いやりを示すことができますか？』

この質問をすることによって、医者はたびたび人を入れ替えずにすむようになった。なぜかって？　痛みのわかる人、病気というものを理解している人、病気に関して何かしたいと思っている人を採用できるようになったからだよ。なんだか、すごく単純なことに思えるだろう？　だけど想像してごらん、スタッフみんなが思いやりにあふれている病院だよ。ガラス越しに事務的な態度でしか応対しないような病院と比べて、どうだろう。

もちろん、ビジネスは思いやり第一のものばかりじゃない。でも、進んで人を助けようという気持ちは、どんな組織でも追求していけるはずだ。大半の新聞が求人広告欄の見出しを〝手助けを求む〟としなくなったのはつくづく残念だ。だれかを雇うとき、ほしいのは手助けだ。でも助けを得るより従業員を雇うほうが、ずっと簡単なんだね。

ビジネスの哲学は、〝手助け〟というたった一つの言葉の中に凝縮されている。

社員に対する訓示は〝手助けあるのみ〟。モットーは〝私たちが力になります〟だよ」
マックスがこちらを向いたので、私はうなずいた。彼は先を続けた。

「お役所主義にどっぷり浸かっている組織と手助けすることに心を砕いている組織とは簡単に見分けがつく。たとえば、僕の家の近所にスポーツクラブがある。ものすごく大きなクラブで、入口のところには営業事務所がある。机の横の壁を見ると張り紙がしてあって、こう書かれている。〝電話の使用お断り〟。客の力になりたいと思っている会社だったら、たびたび電話を貸してくれと言われれば客用の電話を設置するはずだろう？それをやったのがレンタルビデオ・チェーンのブロックバスター・ビデオだ。少なくともうちの近所の店はそうだ。電話があれば、どの映画にするか、客は電話で家族に相談できる。そういうことなんだ、客の力になるというのは。

そういえばこんな男がいたな。ジェイ・ゴルツといって、シカゴの額縁店を一千万ドルのビジネスに育て上げた男だ。ゴルツのモットーは、

〝はい〟のひとことですませるよりずっといい答えが必ずある

だった。彼は、ある町に引っ越してきたばかりの男の話をしてくれた。男は、愛車のロータスを整備してくれる修理業者を探していた。そこで数軒の店に電話をして、ロータスを扱っているかどうか尋ねた。何軒かの店は『はい、やっています』としか答えなかったが、ある店はこう答えた。『もちろんですとも。私どもは輸入車を専門に扱っています。店長もロータスに乗っていますよ』断然いい答えだ。従業員ならだれでも聞かれたことには答えるだろうけれど、顧客のことを理解して本当に役に立とうとする人は実際、ほんの一握りなんだ。

もちろんこれは〝ほんもの〟の部下に求められる性質だが、そういう人材を見つけ出したり、常に手助けを意識するような環境をつくるのは〝ほんもの〟の上司の仕事だ」

そこでマックスは足を止め、私のほうに向き直った。

「それで、きみはどんな思いやりをもって仕事に臨んでいるかね？　きみやきみの部下たちの心にはどんな強い思いがあるかね？　それがやがてはきみのトルティーヤに浮かび上がるんだよ」

そう言って彼はいつものように豪快に笑い、再び歩き始めた。

私たちはもう一ブロック歩いた。言葉を交わす必要はどちらにもなかった。たそがれ時の空気はなぜかいつもより豊かな深みがあって、ゆっくりと吸って味わう価値があるような気がする。しかし穏やかな雰囲気は、マックスの言葉で破られた。

「迷子になったかな?」

「迷ってはいないでしょう。次の交差点を曲がったら、さっきの場所へ出るはずですよ」

私の返事を聞いて、マックスは少しがっかりしたようだった。たぶん、道に迷ったことも楽しんでしまう人なのだろう。

「聞いてみよう、念のためにね」

マックスは歩道わきのカフェのほうへ歩いていき、ビジネスマンのグループに話しかけた。道を聞いただけなのに、それがおしゃべりを始めるきっかけになって、そのうち私たちは彼らと一緒にテーブルを囲み、マルガリータまでごちそうになってしまった。

休憩して気分もさわやかに、私たちは再び歩き出した。夜気はひんやりとしていたが、相変わらず豊かな深みがあって心地よかった。街灯の下を通りかかったとき、私は次の項目を読み上げた。

並みの上司：部下の成長について、関知しない。
優れた上司：進歩という個人的な梯子をのぼる部下を、次の段に押し上げてやる。

マックスがまず言ったのはブライアン・カイリーというコメディアンの十八番だった。「この間、本屋に行って、レジの女の子に『自立のための本はどこにありますか？』と尋ねた。すると女の子が答えた。『それを教えたら、自立にならないじゃない』」

「僕はこの話が大好きだ」マックスは話を続けた。「〝ほんもの〟と言える上司の際立った資質の一つは、部下を向上させる〝才能〟なんだ。部下たちは、そのときの能力ではなく、内に秘めた才能を見込んで採用されていることも多い。そこで優れた上司はチェスの名人のように、先を見すえて駒を進める。新しいことに自分の部下がいつ成功するか、しばしば部下本人も気づかない間に見抜くことがある」

マックスはそれぞれをよく理解するために例をあげてくれた。その中で印象に残っているものをいくつか紹介しよう。

「アンジェロ・ペトリッツリと話をしたことがある」マックスが言った。「彼がベル・スポーツの一事業部の責任者を務めていたときだ。部下についてこんなことを言っていた。『私は肝のすわった人材を探します。雇うのはそういう人ですね。肝なんて、あとから植えつけるわけにはいきませんし』

ペトリッツリの部下は小心者には務まらない。なにせ彼はこう明言する上司だからね。『私はその人の能力より少し上の仕事をさせます。のんきに構えてなんかいられないところに放り込むんです。お気楽な雑用係など、必要ありませんから』実際、彼は

部下がのんきに構えていれば、それは変化を与える合図だ

と思っている。こんな話をしていたな。『たとえば部下の女性がある素晴らしいアイデ

アを私に提案したことがありました。そこで彼女に〝一緒に来て、いまのアイデアをきみから社長に話してくれ〟と言ったんです。彼女は、無理です、とひるみました。それで私は〝無理じゃない、きみは自分ができることを知らないだけだ〟と言いました。のんきそうにしている幹部社員がいたら、直接クライアントと関わる仕事をさせる。またのんきに構えるようになったら、セールスの電話をかける仕事につきあわせる。そのあと、実際にセールスの電話をかけさせる。その人の専門知識がばっちり役に立ちますよ』

ペトリッツリは部下に、社員としての冒険はもちろん、個人としての冒険も経験させたいと思っている。

〝車輪の中の車輪（訳注／複雑な機構、の意味）〟という言葉を聞いたことがあるだろうけど、優れた上司は〝冒険の中の冒険〟をさせる。会社や部署が思いきって何かを試し、その中で、上司は部下に個人レベルで何か思いきったことをさせるんだ。部署の管理をうまくやるには〝これがきみにできる最善のことか〟という質問をすればいい、と言ったけど、最初の〝そうです〟は必ずしも認めないという条件を加えるべきかもしれないね。部下はベストを尽くしていると思っても、どうすればそれ以上のことをさせられるか、いい上司はちゃんと知っているんだよ」

マックスは続けて言った。

権限を手放すことも、優れた上司の特徴だ。それも、ただ手放すんじゃなく、だれかの手にポンとゆだねるんだ。

ナンシー・ロフティンは、アリゾナの大手公益企業ＡＰＳで主席法律顧問を務めている。前任者はＣＦＯ（最高財務責任者）に昇進したんだが、彼の姿を見かけるとみんな彼に法律上の意見を聞きたがったそうだ。ロフティンは言った。『重役たちが長いこと頼ってきたのはほかならぬ彼のアドバイスでしたし、それに、女性がこの地位につくなんて、それまでの会社ではまったく考えられないことだったんです。おまけに彼はものすごく頭の切れる人で、記憶力もずば抜けていました。みんなが彼のところへ質問しに行ったのも無理はありません。なのに彼は一切答えようとしなかった。ただこう言ったんです。僕にはわからない――ナンシーに聞いてくれ、って。もちろん彼はわかっていました。ただ、わからないと答えることで、彼なりにバトンを渡してくれたんです』」

信号を待つ間に、マックスが私のほうを向いて言った。

「質問なら後任者にしてくれ、なんてだれにでも言えそうなことに思えるだろうけど、考えてごらん。『僕にはわからない』と言いつつあとからとやかく言われない結果を出すには、どれほどの自信がいることだろう。

自信といえば、この元上司はロフティンに自信を持たせるために、ほかにもやんわりと拒絶したことがあった。込み入った問題にぶつかって彼女が手を貸してほしいと頼んできたとき、『きみなら処理できるよ』と言ったんだ。そのときのことを彼女はこう話してくれた。『そっけなく聞こえるけれど、そうではなかった。きみを信じているよ、ということだったんです。私は彼のことを心から尊敬していたので、その彼が私を信じてくれるなら、私も自分を信じなければと思いました』」

ぶらぶらと歩きながら、マックスが尋ねた。

「きみ自身の持つ自信に対して真剣に向き合う準備はできたかね?」

「いえ、まだです」と答えると、彼は私の肩をげんこつで小突いた。

「じゃあ、この話はもう少しあとにしよう。ただ、知っておくといいよ。部下をやる気にさせるためのいちばん勇気ある方法は、簡単に言うと、間違えること、彼らとの議論に負けることだ」

マックスは、このことはフィラデルフィアに本社のある、テレダイン社の事業部長、ケン・ドナヒューから教わったのだ、と言ってこんな話をした。

「ケンは素晴らしいことを言っていた。『私が示した考えに対して、部下が問題点を指摘することがあります。その指摘が的確なときは、私は自分の考えを曲げて白旗をあげ、部下の意見を支持します。一度そうすれば、部下は自分の意見を言っていいのだとわかるでしょう。もし彼らの意見を無視してこちらの考えをごり押ししたら、彼らは、最終的にイヤな思いをするのはこっちなのに、だれが反対意見なんか言うもんか、と考えてしまいます。でも、上司が間違いを認めることがわかれば、上司に対して意見を述べるのはそうするだけの価値のあることだと思うはずです。そして上司が変わることがわかれば、彼らも変わります』

つまり、過ちを犯すこと、そしてその過ちを認めることでも、〝ほんもの〟の上司は良い部下を育て、やる気にさせることができるんだ。

言うなれば、最初は部下として〝優秀〟と言えなくても、育て方を熟知した指導者から刺激を受けることで優れた部下になっていけるということだね」

そして私たちは、マックスの書いたリストにある最後の項目を読んだ。

並みの上司：チームプレーヤーを探す。

優れた上司：同志を探す。

「僕としては」レストランを指差して彼が言った。「最後の項目は食事のあとにしたいな。でも、〝ほんもの〟の部下とはどんな部下か、そういう部下が〝ほんもの〟の上司とどんな同盟関係を築くか、それを話し合えば、きっときみのするべきことがわかるよ」

マックスに見つめられ、私はうなずいた。

「それじゃ、食事をしながら、良い部下に求められるものについて話をしよう。優れた部下を見分けるため、そしてきみ自身が優れた部下になるために」

自分を部下と考えるのは妙な気分だった。昇進して管理する側にまわったとたん、自分は管理者だ、先導者だと考えるようになっていた。より良い部下、より良い追従者になるには何が必要かということなど、ちらりとも頭をよぎったことはない。しかしそんなことをあれこれ考えている暇はなかった。マックスがレストランのすぐ手前で足を止め、こう聞いたのだ。

「いままで話してきたことは何か役に立ちそうかね？　それとも、きみはただ年寄りに調子を合わせてきただけかね？」

「マックス」私は真剣に答えた。「ガラスの溝なんて、昨日まではあることさえ知らなかったのに、いまはそれが私を取り巻いて押しつぶそうとしているのを感じます。思いとは裏腹に、私はリーダーとしての能力と創造力のすべてをつぎ込んで、こんなものをつくろうとしていたんです。平均的な部下のための、平均よりちょっとましな職場を」

マックスがパチパチと手をたたいた。

「でもいまは」拍手を制して私は言った。「会社に戻ったら、最高の人たちが働くにふさわしい最高の職場を、ぜひつくろうと思います」

第4章

仕事選びの大切な基準は〝いまより幸せになれること〟なんだ！

私たちは夕食をとるためにサムズ・カフェに入った。オフィスやさまざまな店が入った巨大な複合ビルの一つ、アリゾナ・センターの一階だ。マックスが「静かなところを」と希望を告げ、屋外のテーブルに案内された。

上司と部下の話をする前に、マックスが言った。

「僕が話をしたのは、あくまで〝ほんもの〟の上司たちだから、聞いたのも当然、〝ほんもの〟の上司は部下に何を求めるか、ということだ。つまり、これから話すのは全部、〝ほんもの〟の上司が部下に求める性質だ。すべての上司がそういう性質を求めているわけじゃない。だいたい並みの上司が何を求めていようと知ったことではないしね。ただし、優れた上司に注目されたいならぜひ持つべき性質だ。それはそうと、これから詳しく話すけど、優れた上司は部下を雇うんじゃない。前に言った〝最強の逸材〟を〝人材ハント〟するんだ」

〝人材ハント〟についてもっと詳しく聞きたかったが、マックスは頼みを聞き入れてはくれなかった。

「だめだめ。この問題は先を急いではいけない。まず秀でること。そうすれば求められるようになる。そういえば、テレビ業界の重鎮、グラント・ティンカーがあるネットワークを買収したとき、どうやってそのネットワークを業界一位にするつもりか、と聞かれたことがあった。彼はさらりと言ってのけた。『まず最高になる。そうすれば一位になるだろう』ってね。すごい言葉だろう?」

たしかに。しかし私は話を先へ進めてもらいたくて仕方がなかった。

「それで、大勢いる部下の中で〝いちばん〟になるには何が必要なんです?」

「まず、わかりやすい性質が一つある。いい部下はきわめて大量の仕事をこなす。だからといって勤務時間がいちばん長いとは限らない。いつも会社に一番乗りというわけじゃないのに、ものすごくたくさん仕事をするんだ」

「似た話をどこかで聞いたような気がしますけど」

「だろうね。それじゃ、この話に無駄な時間をかけるのはよそう。優秀な部下というのは〝コツコツやる〟というより〝一気に飛ぶ〟感じだ。前にも話したと思うけど、〝ほんもの〟の上司と部下が求めるものは同じだ。一に自由、二に変化、三にチャンス。そして本当に優れた上司を定義することで、本当に優れた部下も定義できる。

実際、有能な上司と部下が手を取り合うと
何がすごいって、
上下関係が一切なくなって
一つになることなんだよ。

マックスが私の顔をちらっと見た。

「ふむ、哲学の話には興味ありませんという顔だな。話は具体的に、ってことだね。じゃあ、そうしよう。まずは〝自由〟についてだ。自由とは、優れた部下は管理する必要がないということだ」真剣な表情で彼は言った。「第一の自由は信頼だ。仕事をしっかりこなしてくれる、少なくとも上司の自分と同じくらいにはやってくれると思えること。これを見てごらん」

マックスは自分で書きとめたコメントを見せてくれた。そこには、〝ほんもの〟の上司が優れた部下について語った言葉が、一字一句に至るまでそのままメモされていた。

・優れた部下は、そこそこの出来に甘んじたりしない。
・私が困っていると、彼らはすぐに来て助けてくれる。頼む必要などない。彼らには〈わかる〉のだ。
・有能な部下は自分に対してきわめて厳しい。彼らに批評は必要ない。ただ、よくやった、とほめるだけでいい。
・彼らは私と同じ夢を持っている――そう、これからしようとすることが、私と同じなのだ。
・優れた部下は子どもと違い、自分のしたことには自分で責任を取る。それどころか彼らには私のほうがいつも助けてもらっている。
・良い部下がいれば、後ろを振り返る必要がない。彼らがしっかり見ていてくれる。

マックスが話を続けた。「第二の自由は、仕事の一部をゆだねることだ。

優れた部下は
上司より高いレベルでできることを
何か一つは持っていて、
ときとして上司の仕事をチェックしてくれるんだ。

・優れた部下は、上司の肩をポンとたたいて「今度はどんな仕事をまわしてもらえますか」と尋ねる。
・いちばんの部下は私の持っていないものをすべて持っていた。私はその部下の持っていないものをすべて持っていた。
・彼らは何が必要かを私に教えてくれる。私が彼らに教えるのではない。
・良い部下は部署全体をレベルアップさせるような規準を持っている。私たちは皆その規準をなんとかしてクリアしようとする。

・良い部下は顧客の気持ちになってものを考える。そして組織のだれより顧客のことを理解している。

「ここにあるような部下を持てるのは、〝ほんもの〟の上司だけだ。なぜって、こういう部下は彼自身がリーダーになってしまうからだ。ほかの部下は彼を頼りにしてなんでも相談に行く。並みの上司では疎外感を覚えてしまうよ。目を見張るような仕事もしなければ、魅力的な職場をつくりもしない上司ではね。そうだろう？」

私はうなずいた。しかし内心では首を横に振っていた。そういう理想的な部下から、いまの私の部下はなんとかけ離れていることだろう。

「さて二つ目だ」マックスが言った。「次に有能な部下が求め、優れた上司が見たがるのは、〝変化〟だ。彼らは『次は何が起こるのだろう？』と待ちきれない思いで朝を迎える。ただし、観客席にじっと座って変化を待っているわけじゃない。彼らがいるのは舞台の上だ。このメモをごらん」

・優れた部下は、問題が起きたり混乱しているときにこそ、素晴らしい力を発揮する。彼らのおかげでみんな落ち着きを取り戻す。彼らの自信が伝わるのだ。
・良い部下は情報を明確にする。耳慣れない専門用語を並べて話したりせず、選択肢をきちんと示してくれる。
・私にとって優秀な部下とは、いろんな可能性を示せる部下だ。

マックスはメモを軽くたたいた。

「〝いろんな可能性を示せる《ショウ・ミー・ザ・ポッシビリティズ》〟っていうのがいいね。たしか何かの映画にこんな台詞《せりふ》があったな。〝金を見せろ《ショウ・ミー・ザ・マネー》〟」

「『ザ・エージェント』ですね」

「そう、それ。部下に対しても、〝可能性を見せてみろ〟ってことだね。そう言ったのは詩を読むライオン、ジョン・ジェンゼールだ。彼はそのあと、優れた部下を建築士にたとえて言った。『新しく倉庫を造るために建築士を雇ったとします。大きいものを、という希望しか言わなくても、本当に腕のいい建築士なら、後日こう提案してくれるはずです。おっしゃるような倉庫を考えてみましたが、こんな感じにも造れます。あるいは、こんな感じでも。いちばんいいものをお選びください、と』」

マックスは話を続けた。

「部下と役割を交換できたら素晴らしいと思わないかね？　きみは、部下が列をなしてあとからあとから問題を持ち込んでくると言ってたけどね。想像してごらん。きみのほうが部下のところへ行って『問題が起きた』と言う。するとこういう答えが返ってくる。『私が引き受けますよ。ご心配なく』そして本当にきみはなんの心配もしない。まるでP・G・ウッドハウスの小説みたいだ。バーティが引き起こす難題を、執事のジーヴズが次から次へと解決していくんだ。ジーヴズは部下の鑑《かがみ》だな」

なんの話かよくわからなかったが、ともかく私はうなずいた。マックスは、優れた上司の言葉を書きとめたメモに話を戻した。

「最後は、〝チャンスを求める〟ということだね。これは上司の話をしたときにもかなり念入りにやったけど、ここにあるのは優れた上司たちからじかに聞いた意見だ」

・彼らは試されることを望んでいる。簡単にはこなせないような仕事をぜひさせてくれ、とまるで挑むように上司に言ってくる。
・有能な部下は自信に満ちている——自分の能力の限界に挑戦し、その力に応じた報酬を求める。
・きわめて優秀な部下は、決まって起業家タイプだ。新しいプロジェクトを次から次へと考え出さなければ、彼らの関心をつなぎとめておくことはできない。

最後の部分にはガクッときた。私のおかれている状況とあまりに違いすぎて、見当違いな気さえしたのだ。

「このことは前にもおっしゃっていましたが、私にはやっぱりわかりません。自由な権限を持つ、あるいは与えるなんていうことが、どうしたら組織の中でできるのか」

「優れた部下というのは」マックスが言った。「目立ちたがり屋なんだ。自分の能力の高さを知っていて、それを証明するチャンスをねらっている。力を試せる場に出たいと思っている。どうすれば部下にそういうチャンスを与えられるか、考え出すのは容易ではない。容易ではないが、彼らの起業家的なエネルギーを活用する方法をなんとかして見つけなくてはいけない。無論、新たに会社を興させるのでなく、だよ。

経営者はよくこんな言葉を口にする。『優れた人材を雇え。そして思うままに仕事をさせろ』でもそんな決まり文句を言う奴の多くは、権限を譲るふりをしているだけだ。彼らは権限を譲ったような顔をしながら、相変わらずなんでも自分で決めてしまう。部下に言うんだ。『それはきみの責任だ。ただ、私なら……』とね」

私は話をさえぎるように、まさにその言葉を上司に言われたことがあります、と言った。私は上司の意見に従わなかった。そして、私の責任だというのはつまりこういうことかと思い知った。上司は決して私を許さなかった。二度と私を信用することもなかった。ほどなく、私は会社を辞めた。

マックスが言った。

「きみがラリー・トリーのもとで働けるといいのにな。彼はエクイップメント・メンテナンス・サービス（ＥＭＳ）という会社を経営している。西部のいくつかの州で大型の産業機器をメンテナンスしている会社だ。彼はまさしく、社員に思うがままに仕事をさせている人だよ。

ＥＭＳには数百人の従業員がいて、西部中のさまざまな作業所で働いている。トリーは事業を分散し、本部社員をたった四人にまで絞ってきた。あるときトリーは本部をおいていた作業所を追い出されてしまった。別の作業所に本部のオフィスを移したんだが、そこが手狭になると、今度はトレーラーハウスに引っ越した。

部下には本当に思うがままに仕事をさせ、トリー自身は自分の時間をすべて、戦略を練ったり社員のことを考えたり、〝社風の向上〟なる仕事をするのにつぎ込んでいる。彼は言っている。『私たちは常にこういう社風に基づいて仕事をしています。

有能であることを自覚していないより、無能であることを自覚しているほうがいい

ってね』そして笑いながら僕に聞いた。『たしかにそうだ、と思いません？』彼こそ、僕の求める上司だよ。

社風の重要な部分として、トリーは部下に、自分の夢に生きろ、と言っている。部下の個人的な夢を知りたがり、その夢と会社の目標とがぴったり重なり合うところを見つけようとするんだ。

起業家精神あふれる社員のエネルギーをうまく利用するために、トリーは会社をいくつかの部署に分け、その部署を管理する社員を〝CEO〟にしている。その一人でワイオミング州の部署を任されている男は、もとは時間給で働くパート社員だった。トリーは言っていた。『彼を雇った者はだいぶ前に辞めてしまいましたが、彼はもともとは機械の修理工だったんです。でも素晴らしい才能を持っているのを見て、私は夢を持つようにと励ましました。そして彼のために次から次へと新しい役割を見つけ、力を試しました。どれだけうまくこなせるか知りたいと思ったからです。いまでは彼は一千万ドル規模の部署のCEOを務め、二十パーセントの純利益をあげています。私にはとてもできそうにないことですよ』彼はまさに〝ほんもの〟の部下だよ。そして〝ほんもの〟の上司と働いたからこそ、大きく成長できたんだ」

しかし私は、悶々《もんもん》としたあの思いをまた抱いてしまった。いまの話も、組織の中にいてほとんど自由に行動などできない立場の人間には、どうも現実味がない。マックスが笑った。「きみは自由大好き少年なんだなあ」そして私のひざをがしっとつかむ。

「それじゃ、きみが気に入ってくれそうな話をしよう。デーヴィッド・ウィングは長く小売店を経営していたが、いまはリテール・アドバイザーズという、小売業者向けのコンサルタント会社をやっている。ウィングは店のオーナーにこんな話をするそうだ。『人を〝従業員〟として扱うと、それなりのものしか返ってこない。彼らは五十セントでも時給の高い職場を見つけたら、さっさと辞めてしまうだろう。しかし、〝仕事仲間〟として扱うと、すべてが違ってくる。ただの従業員ではなく、ビジネスの大事な担い手と考えてみてほしい。現場の大切な役割を彼らに任せるんだ。たとえば何かの責任者にする。ディスプレイかワイシャツ売場か、あるいは商品搬入に関してでもいい。そして人に教えることで、勉強してもらう。私の場合は、週に一度テーマを決めてミーティングを開いた。従業員には〝ディスプレイに関して話し合いたいんだが、きみに進行を任せていいか〟というふうに言った。

以前、返品に来た客に何か別の物を買わせてしまうのが天才的にうまい従業員がいた。買った物を返しに来た客が、返品した以上にたくさんの物を買って店を出ていくんだ。それで彼女に、みんなにそのコツを教えてくれないか、と頼んだ。彼女は自分のしていることをきちんと筋道を立てて考え、そしてみんなに教えてくれたよ。おかげで私たちみんなが向上できた』」

マックスは私の反応を見た。

「これなら、私のおかれている状況にも応用できそうです」

それを聞いて、彼はさらに細かいことについて話し出した。

「それだけじゃない。ウィングの主張によると、従業員に〝自分のもの〟という気持ちを持たせたり能力を示すチャンスを与えることは彼らのやる気を大いに刺激し、逆にそういう気持ちやチャンスを奪うことは〝罰〟を与えることになるんだそうだ。彼は言っていた。『たとえば〝ジェーン〟が何か罰を与えなければならないほどのとんでもない失敗をしたとしましょう。罰として、彼女を持ち場からはずします。彼女は、職場に来て自分の持ち場にいる〝ジョン〟を見るたび、こう思います。ああなんてこと、ジョンが私の商品に触っている。ああ、私のディスプレイを台無しにしている。彼女がミスをすることは二度とありません』」

そしてマックスはこう結んだ。

「たいていの部下はより多くの責任と権限をほしがる。つまり、昇進と昇給を求める。だけど〝ほんもの〟の部下は、文字どおりの意味かどうかはともかく、所有者になりたがる。自分の能力の高さを知っていて、それを証明するチャンスを求めるんだ」

話をしながらおいしい料理を食べ終え、食後のコーヒーを飲んでいると、マックスはおなじみの話題を持ち出してきた。

「ほとんどの職場は小学校さながらだね。大学を思わせる職場はほんの一握りだ。小学校というのはルールを教え、あれこれ小言を言うところ。大学は自由と発見の場で、能力を引き出すところ……少なくともそうあるべきところだ。多くの大学が単なる職業訓練センターになってしまっていることは、この際おいておくがね。そういえば、まさにその大学に関係のある話があったな」
彼が取り上げたのはノーム・ブリンカーという人物の話だった。ステーキ・アンド・エールというレストランを始めてチェーン店を次々にオープンさせ、その後バーガーキングで経営方針の大幅な変更を指揮し、さらには多数のレストラン・チェーンを持つブリンカー・インターナショナルを創業したという。
「ブリンカーは一度だけ職探しをした。サンディエゴ州立大学を卒業しようというときだ。採用担当者はみんな彼に注目した。性格もいいし、乗馬競技でオリンピックに出場したこともある。その一方で、ナイフのセールスで学費を稼いでいたんだ。P&Gやベスレヘム・スチールからも誘いがあったし、ブリンカーの就職先は選り取りみどりだった。けれど来る日も来る日も彼は妻に言った。『ぜひうちにって誘ってくれるんだけど、どうも面白くなさそうなんだ。だから断ったよ、あんまり気が進みません、って』
ブリンカーは大企業には就職せず、地元のコーヒーショップのチェーン店を選んだ。理由を聞いたら、彼は良き指導者たる男のことを話してくれた。『大会社の人たちはみんな、ビシッとスーツで決めてました。でもボブ・ピーターソンに会いに行ったら、茶色いチェックのシャツに茶色のズボンで、ネクタイはなし。そして言ったんです。おれの夢を一緒に実現してくれなんて、なんできみに頼む必要がある？　それからキッチンを見せてもらったんですが、ちょうど従業員たちが新しいレシピを試しているところで、部屋中に活気があふれていました。みんな笑って、楽しんでいたんです』

気がつくとブリンカーは、ぜひ雇ってほしいとピーターソンに頼み込んでいた。それも、大企業に提示されたのよりはるかに少ない給料でね。

収入より雰囲気を大事にしたと聞いて奥さんはどう言ったのか、彼に聞いてみた。『給料の額なんか問題ではないという僕の考えを、妻は理解してくれました。僕の家族はたしかに貧乏でした。でも、幸せでした。だから、仕事を決めるときはいつもこう自分に問いかけます。この仕事でいまより幸せになれるか、ってね』

仕事選びの大切な基準は〝いまより幸せになれること〟なんだ！

そう言って、マックスは座ったままピョンと跳ねた。
「結果的には、その選択のおかげでブリンカーは大もうけすることになる。チェックのシャツを着た夢見る男は、ハンバーガー・チェーンのジャック・イン・ザ・ボックスも手がけるようになったが、そのうちブリンカーにチェーン店の一軒を買わせてオーナーにした。

その店でもうけたお金で、ブリンカーは自分で事業を興すことにした。どこにでもあるようなコーヒーショップを開いたんだが、そのためにありがちな経営をするというありがちな間違いを犯してしまった。当然、彼はすぐに飽きた。それで不動産に手を出し、それから新しいレストランを開くことにした。今度はなんとしても楽しいものにしようと思った――自分にとっても従業員にとっても、そしてお客にとっても。

ブリンカーは、いままでにない雰囲気をつくり出そうと思うなら、いままでにないタイプの従業員を雇ってみなければ、と考えた。それまでのレストランの従業員といえば、志の低いくたびれた足取りの中年男女、というのが相場だった。ブリンカーはもっと若い人がほしいと思った。中世のイギリスを思わせる衣裳を着こなして、新鮮な雰囲気をつくり出す元気のある人がね。それで近所にあったサザン・メソジスト大学の就職課に、学生を十五人雇いたい、と電話をかけた。職員の女性は協力的だったが、ステーキ・アンド・エールという店の名前を聞いて態度が変わった。アルコールを扱うことがわかって、いまの話はなかったことにしてほしい、と言い出したんだ。ブリンカーはすぐに車に乗り込み、学生会館へ飛んでいった。レストランの写真を見せ、自分の夢を語り、そして力を貸してくれるスタッフを見つけた。

自分にとって魅力のある環境をつくろうとした結果、ノーム・ブリンカーは、いままでは〝カジュアル・ダイニング〟と呼ばれるようになった、新しいタイプの店をレストラン・ビジネスに生み出した。そして、未来の部下が、つまりいまはまだ在学中の学生たちが部下になってもずっと魅力的であり続けるだろう、活気あふれる職場環境をつくり出した。ブリンカーはそうと気づかない間に、優れた人材の求めるものをうまくとらえたんだ。秀でた人たちは、仕事になどいつでもつけるし、お金を稼げることも知っている。それなら職場を選ぶとき、彼らはいったい何を求めるか。

ずば抜けた人材はね、ずば抜けた環境に惹きつけられるんだよ。

私はこの話を頭の中でじっくり考え、その間にマックスはコーヒーを飲んだ。それから彼は、ブリンカーのレストランについてもう一つ意見を付け加えた。

「注目すべきは、優れた上司はレストランのパート従業員を雇うにも、優れた人材を探しに出かけるというところだ。そういう人が現れないかなあと、ただじっと座って待っていたりはしない。ブリンカーは、自分の求める能力を持った人がどこへ行けば見つけられるかを考え、そういう人たちを口説くべく、活気あふれる職場のことを熱く語ったんだ」

マックスが伸びをして、そろそろ帰ろうか、と言った。「口説くと言えば――」思い出したように言う。「明日は、優れた部下を見つけて見事に口説き落とす方法について、じっくり話そう」

これはマックスをやりこめるチャンスだ、と私は思った。

「ちょっと待ってください。〝見つけて口説く〟ってどういうことです？　魅力的な職場をつくれば、部下のほうから引き寄せられてくるんじゃなかったんでしたっけ」

「僕の話をよく聞いていてくれてうれしいな。いまきみが言ったとおり、人を惹きつける職場をつくれば、たしかに何人かの優れた部下が集まってくる。何人かはちょっと興味を示す。たいていは上司が三流で本物の才能の扱い方を知らない場合だね。けれど、有能な部下の中には、職場を変えるなんて考えもしない人が大勢いる。そんなこと、思いもしないんだ。そういう人が逸材中の逸材の中にいる。見つけ出すべきはそういう人材だ。彼らに来てもらう唯一の切り札が、彼らにふさわしい職場、別名〝最高の人が働くにふさわしい最高の職場〟なんだ」

第5章

有能な部下は、探すことより探されることのほうがずっと多いんだ。

翌朝、階下に下りていくと、マックスが朝食をこしらえていた。携帯電話を片手に笑ったり悪態をついたりしながら、フルーツを切っている。ワッフルと卵が火にかかっていた。私の姿を見ると「そいつを頼む」と合図をして、電話の相手に夕べの話をし、私の言葉を引き合いに出しては、私を豊かな知識を持った人物に仕立ててしまった。

朝食のテーブルについたのは、雑誌に取り上げられてもいいような部屋だった――部屋の中も外も、至るところが色彩に富んでいる。二面に窓があって、斜めにはめ込まれたガラスから差し込む光が、まるで歩兵の掲げる剣のように交差している。その話をすると、マックスは笑って、あとで家の持ち主が大事に飾っている住宅雑誌のコピーを見せてくれた。写っているのはこの部屋だった。同じテーブルをマックスと囲みながら、この光景もなんだか写真に残す価値があるような気がして、雑誌の記者がもう一度写真を撮りに来てくれたらいいのに、と思った。

ほどなく、マックスは上司と部下について話を再開した。

「〝ほんもの〟の上司と部下がどのようにして気持ちを一つにするかを理解するためには、次の三つを同時に考える必要があるんだ」

そして要点をまとめた紙の中から、次のものを私に渡した。

二、優れた上司はただ部下を雇うのではなく、同志を手に入れる。

三、一流の人材は職を持つのではなく才能を持つ。
彼らが一度（しても一度だ）働く場を求めれば、
やがてその才能は見抜かれ、望まれ、獲得される。

四、有能な上司と部下は、
典型的な求職プロセスを逆転させることが多い。
上司が部下をハンティングするのではなく、
部下が上司をハンティングするのである。
そのプロセスは、〝求人市場〟というより〝逸材探し〟を思わせる。

「まず最初に」マックスが話し始めた。「〝同志〟という言葉を使う理由を説明しないといけないな。〝ほんもの〟の上司と部下が職場に同じものを求めていることを考えれば、職場における〝チーム〟と呼ぶべきでは、と思えるだろうからね。

もちろん、一人の人の監督下にある人間の集まりならどんなものも〝チーム〟と呼ぶことができる。たとえば大統領の顧問団もそう呼ばれる。でも〝チーム〟のメンバーが一緒に仕事をすることはめったにないし、それどころか、何度も集まるのは予算の取り合いのときくらいなものだ。

僕が出会った優れた上司や部下の多くは、いわゆる〝チーム〟とはどうもイメージが違う。まず〝みんなで何かを決める〟ということがあまりない。〝ほんもの〟と呼べる上司は、チームリーダーというよりも賢明な君主だからね。そして〝ほんもの〟の部下はというと、親切で協力的で力にはなってくれるが、それぞれが独自の才能を持った一匹狼だ。だれかをだれかの代わりにはできない。それに、本当に優秀な部下なら委員会のメンバーにイライラするだろうしね。実際、率直に言わせてもらえれば、職場で〝チーム〟と呼ばれているものの大半は、ただの委員会なんだよ。

〝チーム〟の代わりに僕が見た〝同盟〟は、単なる雇用関係を超えたものだった。一方的なものではないから〝師弟関係〟でもない。進歩した新しい形の〝親族関係〟というと近いかな」

マックスは言葉を切ると私の顔を見て眉をひそめ、それからやれやれと言うように首を振った。

「話がちょっとでも哲学的になると、とたんにきみは興味をなくすんだね」

「まさか。とんでもない。新しい形の〝親族関係〟。ちゃんと聞いていますよ」

「それじゃ、一つ例をあげよう。僕のお気に入りの話だ。大企業の、それもきみのところより大きな会社の話だから、きみも〝自由大好き少年〟を掲げて嘆いているわけにはいかないぞ。この男は運と能力に恵まれて、〝ほんもの〟の上司のもとで働き、それから〝ほんもの〟の部下とともに仕事をした。長くなるから、ワッフルでも食べながら聞いてくれ。

八〇年代前半、スリーエムのビデオテープ事業部でコミュニケーションズ・グループの主任を務めていたときに、ドン・レナハンは最初の、そして唯一の〝ほんもの〟と思える上司に出会った。イタリア人の重役で、さらに上の重役の補佐をしている人だった。そのイタリア人、エドアルド・ピエルッツィは、非公式に組織を改革する役目を担ってスリーエムのセントポール本社に赴任したとき、レナハンを見つけた。

レナハンは元気のいい社員で、事業部に新しい活力を吹き込みたいと考えていた。そのためにはどうすればいいかというアイデアもちゃんと持っていた。それでピエルッツィはレナハンを同志にした——助けてもらうためではなく、ピエルッツィのほうがレナハンを助けた。レナハンは初めのころの二人の関係についてこう言っていた。

『ピエルッツィは強い影響力を持っていました。CEOをはじめ社内のすべてのトップに気に入られていたんです。奥さんはイタリアに残してきていたので、二十四時間、仕事をするのも重役たちとおつきあいするのも自由でしたからね。重役が話をしたいと言えば、彼はいつでも話し相手になりました。休暇でヨーロッパ旅行に行くと言えば、計画を立ててやりました。彼は、重役たちのためにこまごました一切のことを手配していたので、彼らのそのときどきの状況を一から十まで把握していました。そして自分の影響力を私のプロジェクトに巧みに役立ててくれました。私のアイデアを聞いては、重役のところへ持っていってくれたんです』
つまり、この同盟における上司の役割は、いわばアイデアのセールス係だった。ピエルッツィは、アイデアを生み出す過程にはタッチしない、事業部のための営業マンだったんだ。けれど、いいアイデアなら事業部のトップに売り込んでもらえるとわかれば、それだけでどれほどファイトがわいてくるだろう。創造力を高めるには、自分のアイデアが新機軸として花開くのを目にするのがいちばんなんだ。
その後、ピエルッツィはビデオ事業部の責任者になって、レナハンをコミュニケーションズ・グループのトップに昇進させた。レナハンのアイデアはピエルッツィによって上層部に売り込まれたが、その一つにオリンピックの主要スポンサーになるというものがあった。これはものすごく重要なプロジェクトになった。というのも、このプロジェクトを通してレナハン自身も〝ほんもの〟と思える部下に出会ったからだ。
でも話は順を追って進めよう。ピエルッツィはまた昇進したが、今度はヨーロッパに戻ることになった。彼はすぐにレナハンに出張を命じ、やってきたレナハンをブリュッセルの会員制クラブに連れていって一緒に食事をした。そして言った。『ヨーロッパの全コミュニケーションズ・グループを束ねてくれないか』

レナハンは大喜びでその役目を引き受け、すぐに妻と息子を連れてブリュッセルに移った。それからの数年間をレナハンはこんなふうに語っている。『家族みんなにとって本当に充実した日々でした。息子はインターナショナル・スクールに通いましたが、彼のクラスではヨーロッパ中を鉄道でまわりました。フィレンツェの美術を勉強するときはフィレンツェに行き、ミケランジェロのダヴィデ像についての研究発表も像の前でしたんです。アメリカに戻るとき、息子は大声で泣いていました。無論、私たちも』

レナハンが帰国したのは、昇進してセントポール本社の仕事に戻るためだった。もうピエルッツィの部下ではなくなったけれど、二人が同志であることに変わりはなかった。『ピエルッツィのことは相変わらず上司のように思っていました。抱えている問題のことを電話で話すと、それはこういうことだからこうするといいよ、と助言してくれます。経営陣のことはなんでも知っている人ですから、彼の存在は上司だったとき以上に貴重でした。彼は私のグローバルなプロジェクトを強力に支援してくれましたし、私も必要とされればいつでも彼を強力に支援しました』

レナハンにとってピエルッツィは良き師だった。コーチであり、父親であり、兄であり、友人でもあった。彼らは〝血のつながった兄弟〟ならぬ、〝才能のつながった兄弟〟なんだ――単に関わりを持つだけでなく、相手の可能性や夢の実現に力を貸すんだから。

さっき話しかけたことだけど、今度はレナハン自身が優れた部下を見つけた経緯を話そう。

スリーエムがオリンピックのスポンサーになるというプロジェクトをレナハンがまとめたとき、これに関わる国は六十五カ国あった。それぞれが、広告を出したり、タイアップ商品を販売したり、オリンピックを利用して大切な顧客や業者と関係を築こうとしたり、独自の計画を持っていた。

六十五の計画の中で、ずば抜けたものが一つあった。それはカナダのプログラムで、中心になって進めていたのはブルース・ムーアハウスという若い社員だった。レナハンは言っていた。『資源の使い方が賢く独創的だっただけでなく、この計画によって実際に何が達成されるのか、数値の変化によって一目でわかるようになっていたんです。ほかの国々がこぞってこのやり方を真似しましたね』

ヨーロッパから戻ったとき、レナハンは世界規模のイメージ・キャンペーンを新たに展開しようと考えていた。そして八カ国からなるプロジェクト・チームを結成し、カナダを入れて、ムーアハウスの仕事ぶりをもっと観察することにした。レナハンは言った。『私はこの大切な計画を頭の中でよく練っていました。そして彼は不可欠だと思いました。引き入れるのに一年近くかかりましたが』

この場合もそうだが、優れた上司は優れた部下を採用するときに〝引き入れる〟という表現を使う。〝探し求める〟とか〝あちこち探してまわる〟という言葉もよく使うな。

有能な部下は、探すことより探されることのほうがずっと多いんだ。

その若いカナダ人はなぜ〝ほんもの〟だと認められたのか。レナハンによると、『彼にプロジェクトを任せれば――つまり彼が提案するものを受け入れれば――、期日までに、予算内で、最高の品質のものが出来上がると確信できました。それに、特別な工夫というか何か独創的なもの、それが彼の仕事だという個性の印みたいなものが必ずあるんです。つまり彼の〝ブランド〟がね』

面白いことに、あのレナハンが――世界有数の企業のために数々のブランドを築くことで出世してきた男が、部下の才能を〝ブランド〟だと言っているわけだ。自分の仕事を一つの〝事業〟だと考えろ、というアドバイスはよく聞くけれど、僕はレナハンの考え方のほうが好きだな。多くのものの中から認められ、それによって、ほかとは違うし独自のイメージもあるということを、それとなくアピールしているわけだから。

ここまではもうおなじみの、自分の力を信じて歩むという話だったけど、同盟は〝親族関係〟だという話もしよう。レナハンは、働きすぎるムーアハウスのことが心配で、働く時間をもっと減らせと口を酸っぱくして言ったそうだ。ある意味、母親のような気持ちになっていたんだね。

ところでもう一つ、見落とされがちな部下の性質がある。この話を持ち出すのは、人間関係の大切さをわかってもらえると思うからだよ。

たぶん自分もブリュッセルで食事に招かれたことを思い出したんだろう。ドン・レナハンはムーアハウスをウォルドーフに招待して、本社のポストを提示した。レナハンはその日付も覚えている。九月十七日のことだ。

『私が日付を覚えているのは、彼が絶対に忘れられないものにしてくれたからなんですよ。彼は、〝今日のことは僕の誇りです。引き抜いてくださってありがとうございます、こんな仕事ができるなんて夢のようです〟と言ったんです。それに〝あなたがいらっしゃる限りは決して辞めません〟とも』

いい話だろう？　レナハンがこう言うのも納得だね。『彼の価値は計り知れません。得がたい人材です』」

この話は私には大きな衝撃だった。私の仕事場にはない〝結びつき〟を考えた関係を目の当たりにしたせいだ。私には、頭の中で思い描くのが精一杯だった。上司のだれかと、そして部下のだれかと手を取り合い、三人で互いに助け合えたら、どんなに心強いだろう、と。

「私の職場でもそういう関係が結べるといいんですが。でも、うちはスリーエムではありませんから」

「大丈夫。たしかに、スリーエムの社員は抜群に質が高い。でもその点で、ドン・レナハンの話にはもう一つ学ぶべきことがあると思う。彼は何十年もの間スリーエムにいて、何十人ものいい部下に恵まれたが、本当に優れた部下となると一人しかいなかった。彼は僕のために上司の数も数え上げてくれたけれど、十四人いた上司の中で同盟関係を結んだのはたったの一人だった。一人、だよ。もちろん、人を惹きつけるような職場にいることで判断基準が高くなったということはあるかもしれない。たとえそうでも、同盟関係が結ばれるのはものすごくまれだということだ。だけど、きみだってきっと見つけられるよ。そういう関係があることを信じて、心から願って、それにふさわしい人間になる努力を一心にすればね」

「なんだか神がかって聞こえますけど」

「神がかってなんかいないよ、少なくとも僕にとっては。〝高尚な使命〟とは言えるかもしれない。別の言い方をするなら、〝高い地位にともなう義務《ノブレス・オブリージュ》〟かな。さっききみが言ったような歩兵たちならきっと理解してくれるだろうな。兵士同士の深い絆があると、重大な責務を果たしつつ軽口をたたくなんていう、絶妙の関係が生まれることがあるのをね。昔、家族のモットーとしてこんな言葉を考えたことがあった。〝高潔さと威厳を持って生きるべし。ただし、わざとらしくならないように〟いま話している同盟も、そんな感じのものなんだよ」

「そういう同盟が一つ、いや、二つか三つほしいものですね」実感を込めて私は言った。

「そうだな、手始めとしてやりやすいのは、きみが自分の能力を発揮できるような優秀な部下を見つけることだ。きみは前に、何かを変えようとしたら部下の何人かは怖気《おじけ》づいて逃げ出すだろうって言っていたね。そういう部下の代わりをどうやって補うか、それを話そう」

マックスがまず取り上げたのは、フットボールの名コーチ、ドン・シューラが、勝利における〝運〟の役割について尋ねられたときの言葉だった。

「シューラはこう言った。『もちろん、運はすごく大事だよ。いいクォーターバックがいないのは運が悪い』優れた上司は、人事部がいい部下を送ってくれるのをじっと座って待ってたりなんかしない。彼らは実にうまく才能ある人材を見つけ出して口説き落とすんだ」

そしていくつかの例を話してくれた。

「ランディ・チェンバレンという建築家がいる。とても魅力的な人物で、ハビタットという会社を経営し、店舗やレストラン、事務所、それに看板やモデルハウスを設計する事業を全国的に展開している」

マックスは夢中になって、ハビタットの仕事の独創性をあれこれ語った。それからこう言った。

「数年前のことだ。ハビタットの大事な取引先に、ある住宅建設会社があったんだが、そこのマーケティング部長に元会計士のポール・ブルーノフォートという男がいた。ブルーノフォートのプロジェクトで仕事をしていたランディ・チェンバレンは、彼に何かを感じた。ピンとくるには、チェンバレンが言うように、『一段深いレベルまで見抜く力、現実より一歩踏み込んだレベルで人を見る能力を養う必要がある』だろうね。やがて彼は確信した。ハビタットの財務管理体制を整えるための理想の人物を見つけた、とね。

でも彼には、ブルーノフォートが会社を辞める気がないこともわかっていた。その会社はハビタットの二十倍の規模だったんだ。そこでランディ・チェンバレンは口説きの戦法に出た。たとえば、ブルーノフォートのプロジェクトでハビタットがスケジュール的に遅れを出しそうになると、チェンバレンと部下たちは週末返上で働いて、新しい住宅展示場のオープンに間に合うように看板を設置した。週末だけじゃない、嵐のときに仕事をしたこともあった。チェンバレンは疲労困憊《こんぱい》した自分たちの姿を写真に撮ってブルーノフォートに送った。

『会社に対する私たちの誇りを知ってもらいたかったんです』とチェンバレンは言っていた。『何をやり遂げたかではなく、自分たちがどういう人間かを見せたかった。私は彼を口説いていたんですよ』実際に〝口説く〟という言葉を使った経営者は、僕が会った中ではチェンバレンだけだよ。でも、まさにぴったりの表現だね。

それはともかく、チェンバレンは、一緒に働いてくれないか、という話をすぐにはブルーノフォートにしなかった。それも、二年間。彼は言っていた。『機が熟すのを待っていたんです。ポールと面識のある知人もいました。向こうの会社には〝見張り役〟もいて、彼にアプローチする絶好のタイミングは、この〝見張り役〟が教えてくれることになっていました。ある日、ポールに話をするなら今日だ、という電話があって、そのとおりにしたんです』ポール・ブルーノフォートはいまや、ハビタットの社長だよ」

マックスの話を聞いているうちに、なぜ〝口説く〟という言葉が使われるのかがわかってきた。これまで生きてきて、「ある日公園で彼女を見かけ、この人だとピンときた。三年後、ぼくらは結婚した」などとロマンチックな話をする人には何人か出会ったことがあった。ただ、私は天の啓示のようなものなど受けたことがなかったので、そんなものはたまたま相性が合っただけで、巡り合わせが良かったのだ、くらいにしか思っていなかった。

しかし実際に典型的な〝口説き〟を実践しているビジネスリーダーがいるのだ。スリーエムの社員の話も考えあわせてみると、「きみは〝ウォークオン〟の寄せ集めチームで試合をしているんだよ」と言ったマックスの非難が当たっているのがわかってきた。

そのとたん、背筋の寒くなるような恐怖に襲われた。もし、社内のどこかの部署がマックスの言うような方法で部下を引き抜いていたら？ もし、ライバル会社のうちと同じような部署が外に出て最高の人材を〝口説いて〟いたら？ もしそうなら、いま私のところにいるのは？ 残りもの？ 優れた部下は、私が当てにしている人材プールなどには絶対にまわってこない。部署を革新しようといろいろ努力しているにもかかわらず、いまだにぱっとしないのも当然ではないか。

私はマックスの話に全神経を集中した。

「次の話も僕のお気に入りだ。ボベット・ゴーデンは、いまではニューインフォメーションョン・プレゼンテーションという講演者派遣事務所を経営している。事務所を始める前はラジオ局の営業をしていたんだが、その当時、〝ほんもの〟と言うべき上司のもとで働くことになった経緯を話してくれた。

『彼は町の大手ラジオ局の経営者でした。仕事をさせてもらえないかと頼みに行ったのですが、そのときは空きがなくて。でも彼はほかの局の局長――彼の親友でした――に電話をして、その人のところに私を行かせてくれました。私はそこで仕事を始めました。あとでわかったのですが、彼は親友が転職しようとしていて、いずれその局を辞めることを知っていたんです。だから私をその人のところに送り込み、少し経験を積ませて、自分の評価が正しいかどうかを見ていたんですね。私が仕事を覚えるのを見守って、連絡は絶やしませんでした。そして一年後に私を採用しました――親友が辞めてすぐに。彼は私をほかの人に教育させ、しかも、自分のところに連れて来られるようになるまで〝保管〟しておいたんです』

まったく、すごいことだよね。最初に話した上司は人を引き入れるのに二年かけ、絶好のタイミングを知るために〝見張り役〟を使った。そして今度の上司は部下を一年の間〝保管〟していた。きみがよく知っている求人の仕方とはずいぶん違うだろう？」

そう言ったかと思うと、マックスはピシャッとテーブルをたたいた。

「そうだ、もう一ついい例を思い出した。これは僕が知っている〝口説き〟の中でもいちばん長いものでね。ソレクトロンという会社の名前を聞いたことはあるかね？」

「よく聞きますよ。マルコム・ボールドリッジ賞（訳注／全米経営品質賞）をとった会社でしょう」

「よく知っているね。そのとおり。しかも二回も。年商五十億ドルの企業なんだが、ソレクトロンという名前を知っている人はほとんどいない。自社ブランドの製品がないからだ。他社製品を作っているんだ。だけどこんな話がある。

ウィンストン・チャンという男は、ＩＢＭに何年も勤めるうちに、上司のコウ・ニシムラと親しくなった。やがてチャンはソレクトロンの経営を始めた。当時はまだほんの小さな会社だった。彼はＩＢＭを辞めてからも、元上司のニシムラとのつきあいを続けた。しょっちゅう昼食や夕食を一緒にして、元上司を自分の近くに引きつけておいたんだ。〝手繰り寄せておいた〟と言ったほうがいいかもしれない。ニシムラは、チャンがＩＢＭを辞めてから十年間の二人の関係を、こんなふうに語ってくれた。

『最初のころ、彼は私にアドバイスを求めてきましたね。どう思います？　とか、どうしたらいいんでしょう、何かいい知恵はありませんか、といった具合に。あなたのアドバイスがぜひとも必要なんだと言わんばかりでしたよ。そして十年の間のある時点で、その内容が、会社の経営を手伝ってもらえませんか、というものに変わったんです。

私にとってIBMはいい会社でした。自分だけでは到底できないこと――スタンフォードで博士号を取る費用を出してくれたんです。私は勉強を続けました。責任もいろいろ負うようになりました。でも八〇年代半ばに、もうこの会社に貢献することはできないと感じました。体制の問題でね。退職するのがいちばん会社のためになるような気がしてきたんです。それで、もう一度ウィンストンに会社の経営を手伝ってもらえないかと言われたとき、私は考えてみてもいいと答えました。そうしたら、ちょっと寄っていってくださいよ、役割分担を決めましょう、と誘われましてね。そのとおりにしたんです。彼のほうが上司で、私はCOO（最高執行責任者）でしたが、ちっとも構いませんでした』」

マックスは私の腕をぽんとたたいた。

「わかるかい？　チャンがどんなふうに昔の上司とのつきあいを続けたか。どんなふうにニシムラにソレクトロンのことを教えたか。彼は情報を押しつけるのではなく、アドバイスを求めたんだ。ついでに言うと、これは営業マンの最良の営業のやり方なんだよ――問いかけをするのはね。それから、この点を忘れないでくれ。ニシムラが引き受ける気になるまで、チャンは十年間、ほかのだれにもオファーをかけなかったこと。その一方で、会社を旧友にふさわしいものにしていったことも。やがてチャンは引退し、代わりにニシムラがCEOに、後には会長になった。一億ドルに満たなかった会社の売上げは、ニシムラが来て数年で五十億ドルを超すまでになった。それでもニシムラはあくまで謙虚で、すべては、昔の部下であり、上司でもあったチャンの功績だとして『私は彼が始めたことを続けているだけです』と言っている」

私はその話に大いに感動したが、十年もかけて口説きたいとは思わなかった。

「いつもそんなに長い時間がかかるものなんですか」情けない声にならないよう気をつけつつ、尋ねてみる。マックスが笑った。

「きみはせっかちだな。そう、答えはイエスでありノーでもある。肝心なのは、きみは常に有能な人材を探しているということだ。優れた上司としてのきみの仕事は、優秀なスカウトになることなんだ。そして有能な人材を見つけたら、人間関係を築くことから始める。これぞと思う人物を見つけるのに数年、関係を築くのにもさらに数年かかるかもしれない。けれどそのプロセスは、始まりさえすれば、あとはどんどん進んでいく。

目をつけた候補者を自分のほうに導く〝パイプライン〟があるんだ。そうして自然に物事が流れていく。

たとえば、サウスウエスト航空のマーケティング部長、デイヴ・リドリーがこんな話をしていたよ。ある年の夏、彼は自分の部署で働いていた研修生がとても気に入った。でもそのときは空きがなくてね。それでもリドリーはその研修生とたえず連絡を取り続けて、二年後、すべての条件が合って、ついに彼を迎え入れた。まあ、スカウトというのは、一晩で実現することもあれば、十年かかることもあるということだね」


私はマックスに言った。

「自分が、業界の有能な人材という人材を集めたファイルを作っている姿が目に浮かびます。単なるスカウトではなく、〝有望社員《プレーヤー》人事部の部長〟ですね」

「それを聞いて思い出したよ。フットボールのコーチのルー・ホルツと面白い話をしたことがある。ちょっと脱線するけれど、ホルツが出会った上司、ウッディー・ヘイズの話をしよう。ホルツはヘイズのアシスタントだったときのことをいろいろ話してくれたんだが、いちばん印象的だったのは、ホルツを知ってからというもの、ヘイズは提示される昇進の話をすべて断ったということだ。『昇進の話ならアシスタントたちにまわしてくれ。彼らには養わなきゃならない家族がいるから』と言ってね。考えられるかい?」

「いいえ」率直に、私は答えた。

マックスがニッと笑った。

「僕たちには理解に苦しむ話だね。それはさておき、採用の話に戻ろう。ホルツはこう言っていた。『何もせずただ待って、空きができてから、〃さあ、だれを雇おうか〃ではだめですね。そんなふうでは二軍のチームしか作れません。十人雇うとしましょう。運が良ければ、そのうち五人はいい選手です。そしてすべての責任が彼らにのしかかり、彼らはそれに憤慨する。ところがこの五人は、ほかのチームにとっても魅力的な選手なんですよ。そのため、やがて彼らの代わりにまた別の五人を入れなければならなくなります。うち二人は使えるかもしれません。でもそんなことを繰り返していたら、最終的には十人全員が二軍選手になってしまいます』」

「それで、ホルツはどうするのがいいと言うんです?　二十人採用するとか?」私は尋ねた。

「いや」マックスは即座に否定し、それから考え込むように顔をしかめた。「だけど、ある意味ではそれより多かったかもしれない。ホルツは採用候補者リストを作っていて、そこには彼が扱うあらゆる仕事に関する有力な候補者の名前が記してあった。リストに載っている人は半分引き抜かれたようなものだ。そんなリストがあることはだれも知らなかったけどね。ただ、どのポストも空きにはなっていなかった。それでもホルツは、万が一のために、そのリストを作っておいたんだ。優秀なアシスタントのことを耳にしたら必ず、その人に注目してよく知ろうとした。その人が自分のところで働きたいと思っているかどうか、どうしたらその人を獲得できるかを見きわめるためだ。だから実際に欠員が出たときは、必要な人も、その人をどうやって口説けばいいかも、ホルツにはわかっていた。だれがヘッドコーチになりたがっているか、だれがNFL（訳注／ナショナル・フットボール・リーグ）に行きたがっているか、そういうことが頭に入っていたんだ。

彼は『うちに来て手伝ってくれ』とは言わず、

あなたが、ほしいものを手に入れるお手伝いをしよう

と言った。そしてそのやり方で実績をあげた。ホルツの元アシスタントはNCAA（訳注／全米大学体育協会）にもNFLにも、至るところに散らばっているよ」

はじめ、私は優秀なアシスタントが辞めるのを許すのは間違いではないかと思ったが、代わりとなる人材のリストがあれば、部下の転職にもずいぶん手を貸しやすいだろうと考え直した。

「ところで」私はマックスに尋ねた。「アシスタントに何を求めるか、ホルツは話していましたか?」

「〝生まれながらの教師〟がほしいと言っていた。熱っぽく、『優れたコーチに囲まれていると楽しいですよ。笑いが絶えませんから!』とも言ってたな」

そしてマックスは自分も豪快に笑った。

私は一刻も早くスカウトを始めたい気持ちだったが、一つ気にかかっていたことを口にした。

「いい部下になりそうな人材に出会うには何年もかかりそうですね。手っ取り早く見つける方法はないものですかね」

「何年もはかからないよ。関わりのあるすべての人をよく観察したら、すぐにでも有力な候補者が見つかると思うな。言うまでもなく、これにも実例がある」


マックスは、エリック・ソルトヴォルドの話を始めた。

「彼はまだ三十三歳だが、ビジネス経験は二十年もある。ハイスクール時代に、体験学習プログラムで、バイクの販売と修理のビジネスを始めたんだ。小さいころからソルトヴォルドは家族と一緒に古い農場に住んでいたんだが、そこに使われていない納屋があって、彼はそれをショールームに改装した。そして中古のバイクを買って、修理して売っていた。まだ十四歳だったが、まもなく彼は新品のバイクを店におくことにした。初めての仕入れのために卸業者に行ったとき、店の名前を聞かれた彼は『エリックです』

と答えてしまった。

『きみの名前じゃない、会社の名前だ』

『名前はありません』

『うーん、うちとしても名前がないと困るんだよな。エリック・バイクショップというのはどうだろう』

　十五歳になるころにはエリックは納屋に本格的なバイクショップを開き、母親に車でミネアポリスの卸業者へ連れて行ってもらっては、数千ドル単位で商品を発注していた。エリック・バイクショップはいまではミネアポリスとセントポールに六つの支店を持ち、百五十人の従業員を抱えるまでになっている。

　これらの従業員は、店員としてエリックにスカウトされた人たちだ。実に理にかなった話なんだ。この優秀な店員たちは、バイクに入れ込んでいる人たちなんだよ。ソルトヴォルドは言っていた。『バイクというのは〝技術屋〟のスポーツでしてね、バイクをいじるのが好きで好きでたまらないっていう連中がいるんです。もうかる商売ではないので、バイクを愛している人しかこの業界では働けません。でも、興味と知識を兼ね備えた人材はごくわずかです。では、どこへ行けば興味も知識もある従業員候補が見つかるか。彼らは日がな一日、店に入り浸っているんですよ』

ソルトヴォルドはこうも言った。『僕が、客だった人を大勢雇ったので、支店長たちも客のことは従業員候補として見るようになっていました。うちの会社にぴったりの人だとわかったら、この会社で働いてみませんか？　と誘うんです。言ってみれば、客が店員になり、その店員が支店長になるわけですね』」

この話は、私のおかれている状況とは、あまり関係がないように思えた。私には小売業の場合のような客はいないからだ。しかしこれまでの話から、マックスの指摘は広い視野でとらえるべきだということがわかっていた。この例の場合は、出会う人すべてを見ろ、ということだ。

私の頭に、ある若い女性のことが浮かんだ。うちのコンサルタントをしている会社の社員で、きわめて優秀な人物だ。

「何かわからないことでも？」マックスが聞いた。

「候補になりそうな人のことを考えていたんです。〝最強の逸材〟と呼ぶにふさわしい女性です。本物の革新者なんです。うちの部に来てくれたらと思いますが、いま、彼女はいい条件で働いていています。うちでは、同じ給料どころか、下回ってしまうのではないかと思って」

マックスは大仰な手つきでメモ用紙を一枚破ると、それを丸めて、私の頭めがけて投げつけた。

「ほらほら、またガラスの溝に戻っているぞ。ありきたりな採用プロセスを、ありきたりなやり方でたどろうとしてる。いいかい、優秀な人材はみんないい条件で働いているものなんだ。少なくとも大半はそうだ。とにかく、その有力候補についてよく知ること。彼女が本当はどんな仕事をしたいと思っているのか、しっかり見きわめるんだ。もしかしたら、きみの仕事のやり方に大変革をもたらすようなプロジェクトを夢見ているかもしれない。

思い出してくれ。自由、変化、チャンスだ。従来のやり方なら、必要な人材を引き抜くには給料を二十パーセント上乗せすればいい。けれど、

自由を百パーセント、興奮を百パーセント上乗せしてごらん。

〝茶色いチェックのシャツを着た夢見る男〟のもとで働くことにしたノーム・ブリンカーのことを思い出してごらん。まず、夢を見られるくらい自分を解放すること。それから、分かち合うべき夢を見つけることだね」

マックスの言うことは正しかった。貴重な人材が部下として自分のもとに来ることを想像したとたん、舞い上がってしまって、いつもの考え方に戻っていたのだ。私はようやく、同盟を結ぶためにはどうすればいいか考え始めていた。

含むところのある視線を私に投げかけて、マックスが大きな声で言った。

「今度はきみの考え方に活を入れるような話をしよう。ガラスの溝にはまり込んでいたら、ロン・ウォルターズのしたようなことはできないぞ。彼は全国規模の印刷会社で営業所長をしていた男だ。ほかの会社である女性に出会い、ぜひ雇いたいと思って、彼女のことを知ろうといろいろ努力した。ある日、彼女のほうから、いますぐ転職したい、と言ってきた。けれどウォルターズのところには欠員がなかったし、予算もなかった。それでも、とにかく彼はその女性を雇った。最初の一カ月は自腹を切って彼女の給料を払ったそうだ。

でもそれこそが、お役所的な組織で働きつつお役所的な考え方をしない人間なんだよ。

「私だったら、そんなことをしようとは考えもしないでしょう」正直に、私は言った。「ロン・ウォルターズは、本当に優秀な部下であればさまざまな財産を還元してくれるだろうと見越していたんだ。金銭的な面だけではなく、いろいろな財産をね。

この男についてもう少し話をしよう。やがて彼はこの大企業を退社して、自分でフリーダム・プリンティングという会社を始め、ほんの数年で年商数百万ドルの規模にまで育て上げた。彼は魅力ある職場をつくったんだ。そして、その職場こそ働くのに最高の場所だと証明する一つの手段として、部下にこう奨励した。〝転職先を探して、戻ったらどんなところだったか教えてくれ〟とね。何年にもわたって、大勢の部下がこの提案を実行した。ウォルターズはライバル会社のいろんな情報を知ったそうだが、もともとの目的は、彼のところほど魅力的な職場を提示できる会社はほかにはないと確認することだった。このプロセスを実行する中で、彼は一人として部下を失うことはなかった」

マックスが言葉を切る。

「だけど僕が言いたいのはこのことじゃない。採用に関する彼のもう一つの戦略のことを話したいんだ。彼は、関わりのある人の中からこれぞと思う人材を見つけ出すだけでなく、客にも〝うちで働いてみたくはないですか〟と尋ねた。これはきみにもできることだよ――ああ、そうだったね。きみには、そういう質問のできる客はいないんだよね」

彼は再び口をつぐみ、今度は目を細めてこう言った。

「また紙のボールを作らせないでくれよ」

私は両手をあげた。

「その必要はありません。お役所主義的な考えはしていませんから。うちの社のほかの部署で働いている人たちのところへ行って、彼らが前に勤めていた会社の同僚のことを尋ねてみようと思っています。とりあえず、品質管理の主任にあたってみます。ついこの間インテルから移ってきた人です。うちの部に相当するインテルの部署に、これはと思うような社員がいるかもしれませんし、その人と連絡を取ることもできるでしょう。何かの会合で会う段取りをつけられるかも。その人をじっくり調べることから始めます。インテルほどの給料は出せないかもしれませんが、少なくともうちの部署のほうが、自由と活気と刺激に満ちているはずですし」

マックスが立ち上がって、深々とお辞儀をした。

「オーケー、よく言った」うれしそうに、彼は言った。「きみはもう立派なスカウトだ。国中に、いや世界中にいる優れた部下の候補者を、残らずリストアップしようというアイデアが気に入ったね。それじゃ、一つ質問をしよう。僕たちがこうして会うきっかけになったあの電話でも聞いたことだけれど、採用についてのきみの哲学は？」

今回は答えることができた。

「私の部署は、最高の人が働くにふさわしい最高の場所になるでしょう。いえ、すでになりつつあります。そのことを人々に知ってもらうのが私の仕事です。

人を雇うことは、だれかが会社を辞めて初めて考えるものではありません。採用の話のほとんどは、いわゆる求人市場とは関係のないところでまとまります。優れた人材の多くは職探しなど決してしないからです。そのため、そういう人材を探し出して口説く必要があります。でも私は部下を管理する仕事からは解放されるので、スカウトに、つまりネットワークづくりに専念できるでしょう」

「うん、よくできた。ただ、一つだけケチをつけさせてもらうよ。最後の言葉は余計だな。僕に言わせれば〝スカウト〟と〝ネットワークづくり〟は別物だ。昼食会に一千回出かけたところで、優秀な部下にも有能な上司にも巡り合えるものではない。名刺を五千枚集めることはできるかもしれないが、忙しくなりすぎて、部下を探しに行く時間がなくなるだけだ。コネを広げるとか、電話一本でブロードウェイのチケットが手に入るようになるとか、そんなことに僕は興味がないね。きみがそうしたいというのなら、どうぞご自由に。だけどスカウトのプロセスは、単に大勢の人と知り合いになることじゃない。優秀な人たちの仕事をよく知ることなんだ」

「さて、もうちょっと先まで考えてみよう」マックスが言った。「優れたスカウトは、いろんな現場を見て、大勢の有望な候補者に会おうとする。そのためには、さまざまな人と一緒に仕事をするというのも一手だね。この場合、年を重ねるほど有利になる。優れた人材を探し続け、連絡を絶やさずにいればの話だけどね。才能豊かな人は互いに何度も一緒に仕事をすることになるものだが、その話はあとですることにしよう。

きみのような立場の人間が優秀な人材を見つけるには、ほかにもいろいろやり方がある。それに、ほしいのは若い人なんじゃないかな。有能な部下はあっという間に昇進してしまうし、そうなってからでは自分のもとに入れるのは難しいしね。そこでできるのは、研修生を採用することだ。大学で教えるのもいい。僕の知り合いにも大学で教えている職業人が何人かいる。若い人たちから刺激を受けるためだけでなく、若い優秀な人材を見つけるためだ。

この方法は、我らが詩人、ジョン・ジェンゼールも使っている。彼があまりにもたくさんジャーナリストの卵たちを採用してしまうものだから、大手の新聞社の社長が学生部長のところに行って、『ジェンゼールの残りものにはほとほとうんざりだ』と愚痴をこぼしたそうだよ。

大学といえば、ダラスにあるマーケットプレース・ミニストリーズという会社は、一歩進んだことをした。実に素晴らしい会社だよ。全国の企業に牧師を派遣しているんだ。抱えている牧師は、五百人くらいかな」

会社に宗教を持ち込むのはどうかと思う、と私は言った。しかし、マックスの話の主旨は別のところにあった。

「きみの言いたいことはわかるよ。でもちょっと違うんだ。創立者のギル・ストリックリンは空軍付きの牧師をしていた男でね、この会社は特定の宗教とは全然関係がない。趣旨は、オフィスや工場に本当の意味で話相手になる人をおくこと。だけどこの趣旨の威力はすごくて、社員の中には年収が十万ドルも下がるというのに、ニューヨークの広告代理店を辞めてやってきた人もいるんだ。まさに〝人を惹きつける職場〟だね！

それはともかく、話を本題へ戻そう。僕が言いたいのは、創立者のギルは大学で講義以上のことをしたということだ。彼は、ダラスにある大きな神学校が企業付き牧師の修士の学位を設けるのに――僕の知る限り、世界初だね――力を貸したんだ。彼が目指したのは、さっき言った趣旨を広めることだったんだが、思いがけない副産物がもたらされた。次から次へと優秀な人材が会社に集まってくるようになったんだ。彼が作成に協力した大学院のカリキュラムは、社員になりそうな人材を見いだし、教育するものだったわけだ。

学生はみなギルの会社で研修生として働く。だからギルは学生たち全員の仕事ぶりを見られる。事実上、ギルは自分の会社で働く優秀な人材を育てていることになる。しかも、育ててもらうほうがお金を出しているわけだ」

私がすぐには言葉を返さずにいると、マックスはさっさと話を続けた。

「オーケー、わかったよ、きみには大学院の新しいカリキュラムをつくるような力はないって言いたいんだろう？　本当に力がないかどうかはわからないが、仮にそうだとしよう。こう考えてはどうかね。大学の教授は学生に、実社会の事業に携わってもらいたいと思ってる。きみのほうはなんらかの仕事をただで、あるいはただ同然でやってもらえる。新入社員になるかもしれない学生と一緒に作業もできる。仕事に対する学生たちの姿勢も見られる」

「それなら電話一本でできますよ。去年、ある教授からアプローチがあったんですが、返事を延ばしているんです」

「返事の電話をかけるときの二十五セントは、僕がもつよ」マックスが皮肉めかして言う。「あるいは、一時的に雇ってみるという手もあるね。嘱託の重役だっている時代だし、社員としてじっくり試せるだろう。それにパートで働く社員には、もっと上のポストにつかせるための訓練生という意味合いも持たせられる。

僕の知ってる重役の中には、事務職にパート職員を多く使いたがる人がいる。たとえば、ミネアポリスにあるインフォメーション・マネジメント・システムズ社のブライアン・シュタウニングのようにね。

これは、フルタイムの社員を雇うほど仕事が多くないからではなく、優秀な社員を見つけるチャンスがほしいからなんだ。

そういう人材が見つかったら正式に採用して、ほかのポストのために教育するんだよ。

そうだ、もう一つ、スーザンとバリーの話をしておかないと。このブルックス夫妻はクッキーズ・フロム・ホームというギフト専門の通信販売会社をやっている。パートの現場監督を雇うためにバリーが面接をしていると、年配の男性が現れた。スーザンに言わせると、マルクス兄弟のグルーチョみたいな顔だったそうだ。どうやら、会社の役員を引退したものの、一日中家にいるのがいやで、職を探していたらしい。名前はヴィンス・チッカレッツリ、企業立て直しのエキスパートとしてニューヨークで活躍していた人だった。

スーザンとバリーは、彼が応募してきた仕事、つまり製造現場の監督としてではなく、経営のアドバイザーとして彼を採用した。たちまち二人は彼のビジネスセンスに惚《ほ》れ込んだ。バリーは正社員になってもらえないかと頼んだが、チッカレッツリはやはり隠居生活に戻ろうと思う、と言ってその話を辞退した。そしてスーザンのオフィスに行き、自分の決心を話して、別れを告げた。ところがスーザン・ブルックスは、ノーと言う相手に対してあっさり引き下がるような人間じゃない。チッカレッツリが話をしている間に、部屋を突っ切ってドアを閉めると、その前に両手を広げて立ちはだかった。『ここから出ることはできませんよ。一日に一時間でも十時間でも、とにかくうちで仕事をすると言ってくれない限り、この部屋から出しませんから。私たちにはあなたが必要なんです』それを聞いたチッカレッツリは、そっくり返って笑ったそうだ。そのときのことを、スーザンはこんなふうに言っていた。『あのときわかったんです。彼が必要としていることを私はしてあげられる、つまり、彼を必要としてあげられるって』

この話はここからが面白い。スーザンはチッカレッツリに、勤務条件は自分で決めてください、あなたの希望どおりにしますから、と言ったそうだ。すると彼は日を改めてこう言った。毎日三時に、金曜日は正午に会社を出たい。さらにこうも言った。会社のオーナーである二人に、自分の監督下に入ってもらいたい、とね。『いつでも好きなときに私をクビにしてくれていい。ただ、きみたちには私の下で働いてもらいたい』スーザンとバリーは承諾したが、このことから二人が〝ほんもの〟と言うべき優れた上司だということがわかるはずだ。この決定は正解だった——チッカレッリが来る前はちっとも伸びなかった会社の収益が、それから三年で倍増したんだ」

マックスの話を聞きながら、私は、これまで自分がやってきた雇用に対する試みと、スーザン・ブルックスやルー・ホルツたちのそれとでは雲泥の差ではないかと、打ちのめされる思いだった。彼らに比べ、私がやってきたことはいかにも冷淡だった。人間味がないだけでなく、自己中心的だった。部下たちが人生に何を求めているかなど考えもせず、いくら給料を払えるかを示すだけだった。ありきたりのやり方に従っていたために、私はこれまで、定年退職した逸材に出会ったことがなかった。まして、そういう人材にふさわしい仕事上の関係を築こうとしたこともなかった。

マックスは、話をやめて私の顔をじっと見た。「なんです?」と私は聞いたが、内心、集中力が足りないぞ、などと怒られるのではと覚悟していた。しかし彼は、懸命に何かを思い出そうとしていただけだった。

「うーん、ぜひ話したい実例がほかにもあったんだがなあ」と顔をしかめる。「そうだ、思い出した。僕の好きな話でね、もし少しは賭《か》けをしてみる気があるなら、きみも気に入るかもしれない。それは、〝きずものアプローチ〟といったところかな。ふつうなら手に入らないようなきわめて優秀な部下を雇えることが、たまにあるんだ。もっとうんと高い地位にいるはずの部下をね。僕はこんな男を雇ったことがある。妻に出て行かれてうつ病になり、会社をクビになった男だった。アルコール依存症も抱えていた彼に、僕は言った。『もし依存症を克服できたら、うちで採用しよう』彼にはそういう希望の光が必要だった。やがて彼は立ち直り、以来ずっと僕のところで働いてくれている。頭も切れるし、同志として申し分のない男だよ。

ある大手の企業では、〝最強の逸材〟をずらりとそろえている男に会った。集めるのはいたって簡単ですよ、と彼は言っていた。トラブルメーカーを引っ張ってくるんだぞうだ。扱いにくくて、ほかの管理職の人間が持て余すような連中だ。彼は自分の部署を〝問題児たち〟の職場にしたわけだ。でも彼にとっては扱いづらい連中ではなかった。管理なんかしようとせず、自由にさせていたからね。そして彼らは目を見張るような業績をあげてくれた。この男の場合も、巨大なお役所機構の中間層にいながら、不利な立場を自分にとって有利な方向に持っていったんだ」

私たちは、以上のような戦略を、実際に私が雇用をする際にどう役立てるか話し合った。その話し合いもそろそろ終わりかと思ったとき、マックスが、最後にもう一つ大事な話がある、と言い出した。

「ガラスの溝を抜け出して、スカウトとしての考え方ができるようになることはたしかに大切だ。そうなれば、有能な人材を探して見つけ出せるようになるだろうし、ときには向こうからひょっこり現れてくれることもあるだろう。ただ、どちらにしても、パイプラインをきちんと引いておかなくてはならない。でも、だれともパイプラインでつながっていないときに、緊急にだれかをスカウトして雇わなければならないという状況もある」

そしてマックスはジョン・キルカレンのことを話し始めた。パソコン関連の入門書シリーズ、『For Dummies』で大成功を収めた出版社、ＩＤＧブックスのＣＥＯだ。

「会社が軌道に乗り始めたころ、ジョンは財務に長けた人材を雇いたいと考えた。けれど調査会社に依頼するのではなく、業界最大の代表者会議のトップに電話をかけてこう尋ねた。『出版界で財務にいちばん詳しいのはだれでしょうか』答えは『スティーヴ・バーコヴィッツだろうね』そこでキルカレンはそのトップに頼んで、バーコヴィッツに伝えてもらった。『引き合わせたい人物がいるんだが』とね。会議の日、キルカレンは午後に休みをとって、バーコヴィッツとゴルフをする段取りをつけた。キルカレンはゴルフなどやったこともなかった。それどころか、コースに出るには許されないジーンズ姿だったために、会議のときにはいていたリンネルの三つ揃いのズボンでプレーする羽目になり、おまけにそのズボンを台無しにしてしまった。だけどキルカレンは、たとえ物笑いの種になろうが、進んでゴルフをしようとした。四、五時間を一緒に過ごして、バーコヴィッツのことをよく知るために、そして相手に気づかれないよう面接するためにね。二人は意気投合し、頃合いをみてキルカレンは彼を口説き始めた。

そしていちばん難しいのは、バーコヴィッツと妻を――特に妻を――ロングアイランドから離れさせることだということがわかった。そこでキルカレンはわざわざニューヨークへ飛び、レンタカーを借りて彼らの家まで行った。そうすれば、直接二人と話をし、『ちょっとカリフォルニアを見に来ませんか』と説得できるからだ。結局、夫妻は彼の説得に応じ、その誘いにも答えることになった」

マックスは言葉を切り、笑みを含んで私を見た。いまの話がためになったことを、私の表情から読み取ったらしい。ほかの例も話してほしいと頼むと、今度は私立探偵紹介所の所長、ルロイ・クックの話をしてくれた。

「早急に人を雇う必要が生じて、クックは新聞広告を出すことにした。もちろん、〝ほんもの〟の上司だからありきたりな広告は出さない。過去にそういう広告を出してみたことがあったが、応募してくる人たちの質にがっかりさせられてしまったんだ。そこで彼はこんな広告を出した。見出しは〝求む、スーパーマンまたはワンダーウーマン〟。そして優れた人材の資質を下に並べた。応募者の数はそれほどでもなかったけれど、きわめて質の高い、興味深い応募者に会うことができた。実際、その広告を読んだ人は、切り抜いて、有能だと思う人たちに渡したそうだよ」

マックスはさらに話を続けた。

「もう一つ、これに似た例がある。さっきも言った印刷会社のロン・ウォルターズの話だ。新しい部下のために自腹を切って給料を払った男だよ。あるとき臨時の社員が必要になって、人材派遣会社に電話してこう言った。『凡人はいらない。卓抜した人をよこしてくれ』するとそのとおりの人材が来た。頼んだだけで手に入るなんて、ちょっとびっくりだけどね。その派遣社員の女性は町に引っ越してきたばかりだった。一流と言える部下で、彼女自身そのことを知っていた。だから派遣社員として働いて、会社をじっくり調べてたんだ。彼女はロンが優れた上司であることを見抜いてこう尋ねた。『この会社に正式に採用していただくにはどうすればよろしいでしょうか?』これは部下のほうがイニシアチブをとったいい例だ。たまには優秀な人材が天から降ってくることもある、という例でもあるね」

「大切なのは、そういう人材が降ってきたとき、それにちゃんと気づくことですね」

マックスがうなずいた。

「ときにはちらっとしか見えないこともある。ゲーリー・ラニガンの場合はそうだった。造船会社でマーケティング部長をしていたとき、彼は受付の前を通りかかって、ある女性が受付係に話しているのを聞いた。この会社が急成長しているという新聞記事を読んで、自分に合った仕事があるかもしれないと思ったんです、とね。しかし受付係は、まるでベッドカバーの端をきちんと折り返すように、丁重に断った」

その言い回しに私が笑うと、マックスは、P・G・ウッドハウスがよく使う表現なんだよ、と言った。

「ともかく、受付係はその女性を追い返してしまった。しかしラニガンは彼女の独創性を見抜いていた。型通りのやり方に頼らない人間だと気がついたし、彼は優れた社員は型にはまっていないことも知っていた。ラニガンは帰りかけていた女性を呼びとめ、彼女が二十年間、子育てのために仕事から離れていたが、また働きたいと思っていることを知った。結局、ラニガンは彼女を採用し、受付の仕事につかせたんだ。

つまり、こういうことだ。スカウトとはどういうものかを知り、部下を〝合併・吸収〟

する計画を立て、常に心を開いておくこと。古いやり方でもときには掘り出し物が見つかることもある、と期待してね」

私はうなずいた。早く実行に移したくて仕方がない。月曜日が待ち遠しかった。オフィスに戻ったら、魅力ある職場のアイデアを練り、優れた部下の候補者ファイルを作り始めなければ。

「話したいテーマがあと二つある。それがすんだら、仕事の話はおしまいにして、観光でもしよう。次の話題は――」マックスは身を乗りだし、わざとらしく小声でささやいた。「しーっ、〝隠し技〟の話なんだから」

第6章

労働移動率が二十パーセントの企業のほうが十パーセントの企業よりずっと健全だということもある。

私たちはしばらく話を中断してキッチンの後片づけをし、それからパティオに移った。スズメが木々の枝から枝へ飛びまわり、葉の間から差す木洩れ日が暖かく降りそそいでいる。マックスがまた一枚、メモを差し出した。

五、優れた上司は、部下に辞めようなどと思わせない、
特別な職場環境を築くことも多いが、
部下に価値ある転職をさせ、
解雇という〝隠し技〟の達人になることも少なくない。

めずらしく憂鬱《ゆううつ》そうに、マックスが言った。
「僕の聞いた限り、部下の転職と解雇に対する考え方は、〝ほんもの〟と言うべき上司たちの間でもかなり意見が分かれるところだ。彼らの半数以上は、部下が転職するという経験を何度もしていながら、気にもかけない。むしろそれを歓迎していて、自分のほう

からそう仕向けることさえある。部下の多くを手放してしまうんだ。でも、少なくとも三分の一の上司は、実質的に部下に転職されたことがない」

「部下が転職しないほうが〝優れた上司〟らしい気がしますね。何しろ、賢い上司は賢く部下を選択し、おまけに辞めたいなんて思わせない魅力的な職場環境をつくるんですから」

「たしかに。でもそれと対立する論理もある。優れた上司は規準を高く設定するが、それに達しない部下が多いこともあっさり認めている。そんなに高いレベルで仕事をしていると身も心も疲れ切って、部下たちの中にはもっと楽な環境を選ぶ者も出てくる。その結果、かなりの人数が辞めることになる」

「あるいは」私は口をはさんだ。「スカウトの仕方がまずかったのかもしれませんね」

マックスがにやっと笑ってうなずいた。

「そのとおり。仕事ぶりをじっくり見てからではなく、直感で人を採用すると、間違うこともあるだろうね。いずれにしても労働移動については考え方が二つある。企業の中には、採用や教育にかかるコストだけを考え、労働移動率は低いほど良いとするところもある。でも、適切な労働移動はきわめて健全だと言えるだろうね。高い規準を設定し、優秀な社員には報奨を与え、その結果、毎年二十パーセントの人間が辞めるのなら、その会社は大いに伸びるだろう――何年も前に、元NFL選手のジョー・ネイマスが書いた本のタイトルのような感じかな。『I Can't Wait Until Tomorrow... 'Cause I Get Better Looking Every Day（明日になるのが待ち遠しい……日々自分がいい顔になっていくから）』」

マックスはしばらく横道にそれてネイマスの話をしたあと、本題に戻って言った。

「会社自体がしっかりしていなかったり、職場環境が最悪だという場合、さっさと辞めてしまうのはいちばん優秀な社員だ。これは人数的にはわずかだとしても、損害は計り知れない。トップの〝頭脳流出〟だからね。結論としては、

労働移動率が二十パーセントの企業のほうが十パーセントの企業よりずっと健全だということもある

ということだ」

「そういう例が実際にあるんですか」と私は尋ねた。

「健全な労働移動に関しては、『機能的な労働移動』というタイトルでリサーチがなされている。だけどそのコンセプトを理解するには、アメリカでも高い評価を受けている企業を参考にするのがいちばんだよ。たとえば、サウスウエスト航空だ。採用方法に定評のあるところだが、解雇のやり方についてはあまり知られていない。あの会社では、最初の六カ月は試用期間で、社員はだれであれ会社の意向一つで解雇される可能性があるんだ。たとえ組合員だろうとね。それから百貨店のノードストローム社では毎年、販売員の四分の一近くが辞めていく。リーダーたちはそういう入れ替わりを受け入れている。歓迎さえしているかもしれない。自然淘汰のプロセスだと思っているんだ」

私は話をさえぎるように「自然淘汰とはすごいですね」と先を促した。

「ノードストロームでは〝実績が評価だ〟と言われている。販売員の収入はほとんどが歩合制で決まるし、がむしゃらに働くことが求められているから、ついていけない社員は自分から辞めていくんだ。実際、一人なり二人なり本当に有能な社員がいるメリットは、解雇の必要がなくなることだろうね。

造船会社の重役ゲーリー・ラニガンを覚えているかね？　ある日曜日、彼は会社に出かけた。大きな展示会に船を出す前日のことだった。工場内を歩いていると、たった一人で仕事をしている社員がいた。少し前にアメリカに移住してきた若者で、船の仕上げをしていたんだ。話をするうちに、ラニガンはその若者が社員としてきわめてレベルが高く、会社が求めるより高い水準で仕事をしていることに気づいた。翌日、彼は『あの若い社員を大事にしてやってください』と社長に頼んだそうだ」

私は、英語をまともに話せない若者が企業のトップ二人から目をかけられるなどということが、いったいどれほどの頻度で起こるだろう、と思わずにはいられなかった。

「その若い社員はトントン拍子で昇進し、ついにはラニガンの会社を辞めて大手の造船会社に入った。でも話はそれで終わらない。その若い社員――いまではもう中年だけど――は自分で会社を始めた。彼に辞められた造船会社はとても残念がって、彼を取り戻したいがためにその会社を買い取ったそうだ。これこそ、〝ほんもの〟の部下だよ。その社員には、いったいどんな素晴らしいところがあったのかとラニガンに聞いてみると、すべてにおいてレベルが高いんですよ、という答えが返ってきた。そのあとのラニガンの言葉は、そのとき初めて耳にするものだったけど、どの職場でも言えることだろう。『彼が来てからというもの、だれかをクビにする必要がまったくなくなりました。最高のものを求めないような社員は、みんな彼が追い払ってくれましたから』」

私がその言葉の意味をきちんと理解できるよう、マックスは少し間をおいた。

「しかし、高い規準があっても、ほかの社員の手本あるいは脅威となるような有能な部下がいても、きわめて多くの〝ほんもの〟の上司が部下を何度も解雇している。その何人かに部下をクビにする方法を教わったけれど、驚いたことに、みんな不必要な部下を辞めさせる名人でね。やり方がとてもうまいから、元部下はその会社とつながりを断とうとしないし、ときには戻ってくることだってある。

ジョン・ジェンゼールは、マイアミ・ニュースを辞めたときのことを話してくれた。職場の人たちが送別会をしてくれたんだが、彼がクビを切った部下のうちの七人が出席したんだそうだ。きみの〝不幸〟を笑いに来たんじゃないのかねと聞くと、ジョンは笑って言った。『違いますよ、僕の幸せを願って来てくれたんです。僕がどんなときも彼らの幸せを願い、彼らを助けようとしていたことを、みんな知っていたんです。僕は部下たちの誇りを傷つけたことはありませんし、うまくいっていないことを認識できていない人間をクビにしたこともありません』

具体的にはどうするのかと尋ねると、会社のある方針に背き続けた女性のことを話してくれた。彼はその女性と話をし、諭し、きついことも言った。最後には『今度こういうことがあったら、きみをクビにしなくちゃならない』とも言った。その〝今度〟が来てしまったとき、彼は残念そうに告げた。『きみは大切な部下だが、これで終わりだ』それは十分予期された事態だったし、感情的なところもなかった。そのあとジョンはこれからのことを彼女と一緒に考え、新しい勤め先を探すのも手伝ったそうだ。

ジョンは、クビにしなかった人の話もしてくれた。『年配の部下がいましてね。正真正銘の紳士で、七十歳に近かったと思います。会社にはいわゆる定年というものはなかったんですが、彼はもう年でした。もっとしっかりした人を代わりに入れるべきだということは、僕にもわかっていました。けれど彼には一匹の犬のほかに家族がなかった。仕事と犬、それが人生のすべてだったんです。彼をクビにすることはできませんでした。

クビにしてだれかほかの人を入れるべきだったか。答えはイエスです。それでまともな人間と言えたか。断じて、ノーです』

この話から、この会社が社風として解雇にどんな意味を持たせているかがわかるね。僕はほかにも、健康や家族のこと、あるいはアルコールや薬物への依存症などで苦しんでいる社員を、放り出さずに助けようとする会社をいくつか知っている。さっきの仕事と犬の話を、アルバカーキでライターをしているトニー・レスにしたことがある。するとトニーは、前に勤めていた新聞社の社長のことを話してくれた。

『社員の中にアルコール依存症の人がいたんですが、ときどき酔いつぶれてしまいましてね。床に寝ているその男に、みんなよくつまずいたものです。でも社長はクビにしなかった。その男が変わると思っていたんです。そういうところも、みんながその社長を好きだった理由の一つです。部下のことを親身になって考えてくれるんですよ』」

マックスが言葉を切って肩をすくめる。いつも思うのだが、どうもマックスには似合わないしぐさだ。

「もう何年も前の話だから、いまでもそういうことをする人がいるかどうかはわからない。それに、この考え方にも対立する意見がある。本部をトレーラーハウスに移したCEOのラリー・トリーは、こんなことを言っていた。『成績のあがらない社員に警告するのも、実績ある部下に報いる方法の一つですね。部下たちは、上の連中はちゃんと気づいているぞ、と思って気を引きしめる。並みの出来を見逃していたら規準が下がってしまいます。そこそこやっていればいいや、ということになってしまうんですよ』

マックスは静かな口調で話を続けた。

「テレダインのケン・ドナヒューは沈んだ面持ちで、解雇が〝社員管理の重要な道具〟になりうることを認めた。彼が言いたいのは、

解雇と採用を利用して新しい規準を設定できる、つまり自分の目指すものを部下に伝えることができる

ということだ。三年間伸び悩んだ売上げが、営業所長を替えたら、六十パーセントも伸びたそうだ。ドナヒューは言った。『みんな頭がいいから、こういう実績や勤勉さを持てば報われるんだな、と気づきます。辞めさせられた人を見て、あの程度の実績や勤勉さではだめなんだ、とも思うでしょう。解雇は、会社が望むものを社員に理解させるプロセスの一部なんです。辞めた人を見れば、その人が何をしてきたかがわかる。逆に新しく来た人を見れば、その人が何をしているかがわかる。聞くまでもありません。わかるというか、感じるんです。これが会社の望んでいることだと』」

「つまり」と、マックスは身を乗り出した。「いま言ったような上司は、解雇の必要性を受け入れているわけだ。でも、だからといって、すぐに人をクビにするわけじゃない。ケン・ドナヒューが言うように、『たやすくクビにできるようなら、その決定はたぶん間違っている』簡単に解雇できるということは、その人のことをきちんと考えていないということだ。

ドナヒューはこうも言っていた。『社員は知りたがります。辞めなければならないとして、この先家族を養っていけるのか、新しい仕事を探す時間はあるのか、ということを』彼は、敬意をもって人を扱うことは、もう一つのメッセージを送ることだと考えているんだね」

ここでマックスはいつもの彼に戻り、椅子の中で跳ねて、こう続けた。

「アンジェロ・ペトリッツリは、クビにする部下には時間を与えるだけでなく、援助の手も差し伸べる。『まず、きみが最善を尽くしたのはたしかだが、自分に求められているものがわかっていなかった、と伝えます。それから長所と短所を気づかせ、さらに私の人脈を使って職探しを手伝います』彼は『ときどきヘッドハンターになった気がします』とも言っていた。上司が部下に与える時間や気配りは、上司自身に返ってくるんだ。クビにする人たちを敵にまわすのではなく、彼らと同盟を結ぶわけだから。

ノーム・ブリンカーはこう言っていた。『心を配れば、質の高い人材を惹きつけることができます。勝者は勝者を、リーダーはリーダーを引き寄せるんです。でもときには、成果を出せず、去らなくてはならないことがあります。そういう場合は、気配りと思いやりをもって対処しなければなりません。次の職場ではもっといい仕事ができるように、手助けしてあげるんです。そういえば、私が解雇した部下の多くが得意先になっているので、経営者の一人がこんなことを言っていました。もっと部下のクビを切りたまえ、売上げが伸びるから、って』」

マックスは、一度解雇されながら後にまた雇用された人の話をいくつかしてくれた。中には、二度も三度も解雇された経験のある部下のケースもあった。そういう部下たちは、上司のもとを去って何か新しいことに挑戦し、元上司のありがたみを感じ、充電し直してから戻ってくるのだという。ここで私は口をはさみ、自分の経験を話した。

「優れた上司の仲間に意地でも入れてもらおうと思って言うわけではありませんが、あの場合、私のしたことは正しかったと思います。

ある市場調査会社の部長をしていたころ、部下の中に若いコロンビア人女性がいました。ところがある日突然、彼女は仕事に身が入らず、ぼんやりとして、締切りなども守らなくなってしまいました。恋に落ちていたんです。キューピッドに彼女を奪われてしまったわけですが、けっこうなことじゃないかと思っていました……初めのうちは。けれど何カ月たっても、彼女は仕事に対する意欲を取り戻さなかった。何度も話し合いましたが、結局私は彼女を解雇せざるを得なくなりました。

なんとか私の気持ちが落ち着いたのは、解雇が会社にとって、おそらくは彼女にとっても最良の選択だったこと、環境の変化で彼女が立ち直ったことがわかったときでした。彼女がしっかり仕事をしている様子は、共通の友人から聞きました。半年後、私はもう一度彼女を雇いましたが、彼女は再び、私にとっても会社にとっても欠かせない人間になりました」

きみがその経験から学んだことは、〝ほんもの〟と呼ぶべき上司たちも学んでいるよ、とマックスが言った。

「〝彼女を解雇せざるを得なくなった〟という表現は適切だね。ほかにまったく選択肢がなく、上司も部下も同僚も、みんながそうだとわかっているなら、そのときがベストのタイミングなんだ。でも解雇するからといって、上司と部下の同盟を破棄する必要はない。保留にすればいいんだ。上司と部下の同盟を再編成する方法はあるし、この同盟は一生続くことも珍しくないんだよ」

マックスの話は、〝からみ合うキャリア〟のことへ移った。

「知ってのとおり、僕は、終身雇用だの、昔ながらのピラミッド型会社組織だのは好きじゃない。だけど、古き良き忠誠心が消えていくのを見ると悲しくなる。特に、その代わりに出てきたものを考えるとね。何が取って代わったんだろう？」

彼が私の答えを待っていることに気づくのに、少々時間がかかってしまった。

「私利私欲、それに駆け引きですね」

「そう。僕たちは、終身雇用の代わりに発見の喜びを持つのではなく、廃れゆくことへの不安感を持つことになった。だからこそ、同盟によって精神的な満足を得ることができる。永遠の関係を築けるからね。単なる友だち関係なら一時的ということもあるだろうけど、同盟関係は何があっても壊れることはない」

そして、次の項目を記したメモを差し出した。

六、優れた上司と部下の同盟は才能の結びつきであり、
その絆の多くは生涯切れることがない。

「ディック・ルースというコンピューター・エンジニアがいる。アトラス・ミサイル誘導システムなどの革新的な技術プロジェクトをいくつも手がけた男だ。長いキャリアを振り返ってみると、同じ人と組むことがたびたびあった。彼は言っていた。『全米に、いえ世界中に、一匹狼仲間がいるんです。お互い、いろんなところで出くわしますよ』〝一匹狼仲間〟というのは、彼が考えた言葉だ。群れるのが嫌いな人たちの連合体というところかな。これは、上司と部下の同盟関係にも通じるものがあると思う。彼らも、契約こそしていないが、有能な人たちの連合体に入っているようなものだから」

マックスは身を乗りだし、勢い込んで言った。

「コンピューターのシステム・エンジニアをやっているアーノ・ライトが話してくれたんだけど、〝からみ合うキャリア〟の例が僕の記憶の中に……僕には写真みたいに正確な記憶力があることは話したっけ？」

「記憶の即日プリントサービスはもうおしまい」くすくす笑って、私は言った。「でしょ？」

マックスが片目をつぶってみせた。ウィンクが自然に見える人はあまりいないが、彼も例外ではない。

「ともかく、こんな話だった」

マックスは紙を一枚取り出して、そのプロセスを書いた。彼が口頭で説明したことは、（ ）をつけて書き加えておこう。込み入ったプロセスを正確にたどることは重要ではない。ただ、こんな複雑なプロセスがあるという事実を受け入れさえすればいい。

ステップ1

・ライト、アメルコ（トレーラー・トラックのレンタルサービス会社、Uホールなどの親会社）に就職する。部下を管理した経験はなかったが、しっかりした部署づくりを始める。
・もともとその部署にいた部下Aを獲得する。
・次に、部下Bを採用する（部下Aの強い勧めにより）。
・さらに、部下Cを採用する（社内募集により）。

ステップ2

・部下B、マイクロエイジ(『フォーチュン』誌の売上げ上位五〇〇社にあげられるコンピューター販売会社)に移る。部長に昇格。

・その後すぐに、部下B、ライトを別の部署の部長として迎えるようマイクロエイジを説得する。

・ライト、マイクロエイジへ移り、すぐに部下Cを迎え入れる。

ステップ3

・部下C、マイクロエイジの取引先の会社に移る。

ステップ4

・ライトと部下C、それぞれの職場を辞め、二人でドルフィン・システムズという会社を興す。

書き終えると、マックスは言った。

「きみの状況に大いに関係のある話を、ここでしておこう。実を言うと、ライトが〝部下C〟を採用することはあまり歓迎されていなかったんだ。アメルコでライトが仕事を始めたとき、彼の部署に入りたいという社員が何人かいた。その中にだれの目にも適任だと思われる社員が一人いてね。きわめて優秀で、技術的にもずば抜けていて、昇進が約束されている社員だった。経営サイドから見ても選ばれるのはその人しかいなかった。だけどライトはある社員に目をつけていた。同じ社内からの志願者で、技術面での知識や地位はかなり劣っていたけれど、人間的な魅力や独創性や熱意は相当なものだった」

両手の人差し指を立ててマックスが言った。

「経営サイドは前者にしろと言ったが、ライトがほしいのは後者のほうだった。そして、採用プロセスの結果を、経営サイドが気に入らないのなら、プロセスそのものを変えてしまおうと考えた。彼は新たにもう一段階加えることにし、二人の〝決勝進出者〟を呼んで、〝仕事上ぶちあたるかもしれないさまざまな難題に関して〝もしこういうことが起きたらどう対処するか〟というテストを受けさせた。シナリオは慎重に選び、経営サイドの望む社員の能力より、自分がほしいと思う社員の才能のほうが有利になるように配慮した。そうやって、地位の劣る社員も優れた志願者であるという証拠を集めたんだ」

それから彼はこんな説明をした。

「きわめて強くからみ合ったキャリアの例は、専門職によく見られる。優秀な人材が限られているせいだね。だけど同盟はどんな分野にも存在するし、いったん離れてまた結びつくこともよくあるんだよ」

マックスは、前にも話にのぼった、弁護士のナンシー・ロフティンの例をあげた。

アリゾナ・コーポレーション・コミッションの証券部門で仕事をしていたとき、彼女はロースクールを出たばかりの若者を新しいスタッフとして採用した。彼を見込んだ直感は正しかった。育児のために彼女が職を退くと、その若者が昇進して彼女のポストについたのだった。後にロフティンが仕事に復帰できるようになると、彼は自分の部下として彼女を採用した。その後、二人ともコミッションを辞めた。彼はサンフランシスコにある大手の法律事務所に入り、ロフティンもやはり大手の公益企業ＡＰＳの主席法律顧問になったのだった。しばらくして彼がロフティンを訪ねてきて、法律事務所の仕事に失望していることを打ち明けた。彼女は職場に欠員が出るとすぐ、彼に来ないかと話をまわし、彼はその申し出を受けた。

マックスはほかにもさまざまな実例を話してくれたが、ほとんどが恐ろしくややこしい話なので、ここで繰り返すのはやめておく。ただ、彼の話を聞きながら、私もそうした同盟の話を聞いたことがあるのに、深く考えようとしていなかったことに気がついた。たとえば、私は前に広告代理店でクリエイティブ・ディレクターをしているリチャード・カルヴェッリに会ったことがあった（〝あなたの心遣いが大好きです……トヨタ〟や〝安心を、どんな形でつくりますか〟といった優れたCMを手がけた人物だ）。彼は、共通の友人スティーヴ・パッチェンと一緒に仕事をしたことを話してくれた。カルヴェッリは三度勤め先を変えたが、そのたびにパッチェンを雇うよう新しい会社に熱心に申し入れたという。気のおけない人間をそばにおきたかっただけでなく、古いつきあいのパッチェンなら、本当にクリエイティブな広告を作るための環境をきっと整えてくれると信頼できたからだった。

マックスはこう言って話を締めくくった。

「人々がたびたび一緒に仕事をしているというこうした話からわかるのは、上司の選択がきわめて重要だということだ。会社の選択より重要な場合もけっこうあるし、ひょっとしたら職業の選択より大切かもしれない。

僕は働き始めて五十年以上になるけど、いつの時代にも変わらないことが一つある。それは〝チャンス〟に対する、おおかたの社員の考え方だ。

彼らはきわめて狭い視野で仕事のことを考える。給料や肩書きや、でなければ手当の額でその仕事を評価するんだ。ときには少し視野を広げて、会社や業界のことを考えることもある。でもそれだって、〝フォーチュン五〇〇に入っている会社だ〟とか〝これで銀行業界から抜け出せる〟といった程度の、表面的な分析でしかない。上司選びが職場選びの要因になることなど、まずないね。〝ほんもの〟と言える上司のもとで仕事をしたことがなければ、だけど。戦後のピラミッド型企業では、それは当然のことだった。社員は組織の中をあちこち異動させられ、大勢の上司につく。一年に何度も変わることもざらだった。でもいまはもう違う。才能のある人の場合は特にそうだ。

優れた上司を選べば確実に才能を伸ばしていける。そして、自分が仕事をしていく上で大切な役割を引き受けてくれる生涯の同志を得られるんだ。

そのあとのマックスの言葉は、特に肝に銘じておくべきものとして私の心に響いた。

「最新の万能薬、つまりやたらと叫ばれている〝ネットワークづくり〟のことを聞くと、多くの人が当たり前のように、業界団体や親睦クラブでする退屈な名刺交換みたいなものだと思ってしまう。だけど、もし名刺交換に費やすエネルギーを元上司や元同僚との関係を維持することに使ったら、もっとたくさんのチャンスが生まれると思うな。組織の中にいる人はだれも、去っていった人間のことなんて覚えてはいない。辞めた人はまず非難され、それから忘れられてしまうんだ。会社を去った人も、あとに残っている人たちのことなんか思い出すこともない。だけど、本当に優れた上司は本当に優れた部下のことを決して忘れないし、連絡も絶やさないものなんだ」

私はマックスが話していたデイヴ・リドリーのことを思い浮かべた。サウスウエスト航空のマーケティング部の部長で、若い研修生を研修後二年たって採用した人だ。

「その一方で」マックスが言った。「賢い社員はあらゆる機会を利用して、社内でも業界でも、特に〝ほんもの〟だと思える上司が見ているかもしれないところで、自分の才能をアピールする。同盟というものは、実際に上司と部下の間柄になるずっと前から結ばれるものだ。そして、これまで話した例からもわかると思うけど、上司と部下の関係でなくなっても、同盟は終わらない。それに同盟はほかの何にも左右されない。家族に似ているね――つながっているのは、血ではなく才能だけどね」

マックスは最後に、チャイナ・ミスト・ティーのCEO、ダン・シュヴェイカーの言葉を引っぱり出した。社員との〝家族〟関係を、彼はこんなふうに言ったという。

「人々がうちのような会社に入りたいと思うのは、現実の家族が崩壊しつつあるせいでしょう。スラム街の少年がギャング団に入るのと同じ理由ですよ。少年たちは何かに帰属したいんです。その気持ちは社員たちも同じですが、人生は長い。だからうちには退職金があるんです」

第7章

仕事は楽しくなくちゃやだめだ。職場から笑い声が聞こえてこなければ、きみのやり方は間違っているということだろうね。

マックスは革製のファイルの中の書類をぱらぱらとめくり、中の二枚を差し出して言った。

「これまで話してきた六つの要点は、仕事をしていく上での新しい戦略だけでなく、いままでにないリーダーシップのあり方も示すものだ。この要点を基にした僕の意見を、いくつかリストアップしておいた」

二枚の紙には、次のようなことが記されていた。

・雇用プロセスは受身ではない――採用する側は〝選ぶ〟のではなく〝見つけ出す〟ことが必要である。次に、有望な人材を見つけ出したら、口説かなければならない（なんと言っても彼らは一流である。やはり良い条件と高い給料がふさわしい）。優れた上司は、とびきりの環境をつくり、それを使って優秀な人材を口説く。
・面接や紹介状だけで採用が決まることはほとんどない――採用する側もされる側も、そんなものでは本当のところが見えないとわかっているからである。どちらも、相手がしている仕事の中身や仕事ぶりを見て、才能という点で〝同類〟かどうかを見きわめたいと思っている。

・同盟の有益さを考えれば、しかるべき上司につくことのほうが、しかるべき会社に入ることより、あるいはしかるべき職業につくことより重要な場合も多い。

・優れた上司と部下が結ぶ同盟の重要性と、そのような同盟はいわゆる求人市場の外で生まれるという事実を考えると、ずば抜けた成功を狙おうとする人材を獲得するには、新しいやり方が必要である。

――上司は、従来の求人市場にとらわれず、積極的に才能ある人材を見つけるチャンスを増やすべきである。

――優れた上司は、有望な人材を見つけたら、その人を引き抜く巧みな技を考え出す。数年かけて引き抜くこともあれば、特別なプロジェクトを組むこともある。ときには、部下候補を〝保管〟したり、有望な人材に〝見張り役〟を立てるなど、少々変わった作戦を用いることもある。

――一方、部下は、優秀な同志を得るために、社内外を問わず多くの人と仕事をするようにし、自分の〝商品価値〟を見せ、才能をアピールすべきである。経営者は伝統的に〝帝国〟を建設してきたが、優れた部下は〝支持者〟獲得作戦を実行するのである。

要約された彼の意見を読み終えて、私は目を上げた。

「おかげで――」と言って、マックスがへとへとだよとばかりに椅子の背にどさっと身を投げ出す。「きみに知恵という知恵を絞り取られてしまった。僕の脳みそはすっからかんだ。これ以上は何も聞かないでほしいな」

私はにやっと笑い、質問した。

「とりあえず、何から始めたらいいでしょう」

マックスは体を前後にゆすり、さらに椅子に沈みこもうとする。

「もっと、もっと、もっと。きみの口から聞くのはそればっかりだ」

「会社に戻ったら、部下をみんなクビにして一から始めなくてはいけないんでしょうね」

私はそう言って、マックスの話したいという気持ちをくすぐった。しかし彼はすでに気を取り直していた。私の質問に答えずにいられないのだ。

「わかった、わかった。僕だったらこうするよ。最初にするのは解雇じゃない。少なくとも、いますぐにはしない。きみはまだ〝ほんもの〟の上司になる努力をしていないんだから、ふさわしい部下がいるなんて期待してはだめだよ。ただ、部下たちにこう言ったらどうかな。みんな、過去ときっぱり決別することになる、ってね」

「さまざまな試み、ですね」と私は口をはさんだ。試みというものをマックスが重視していることはよく知っていた。

「そう。きみの部署を飛び抜けた職場に、人を惹きつける職場にする作戦を、十個ほど用意するといい。僕はきみの仕事がどんなものか詳しく知らないから、具体的に何をしたらいいかは言えない。でもいまから言うことは、間違いなくすることになると思うよ。

まず、規則を規準に置き換えること。きみの部署では何があればレポートなりプレゼンテーションなりが高く評価されるのかを、明確にすることだ——質、独創性、スピード、なんでもいい。きみのベストがきみの標準レベルになるだろう。優れたプレゼンテーションの特徴を五つあげて、それぞれに点数をつけておくだけで、みんなの取り組み方が変わるはずだよ。

それから、部下にはっきり言うこと。解決策を求めて私のところに来るな、選択肢のエキスパートになれ、とね。僕なら、〝可能性を見せてみろ〟をモットーにする。

そして、部下たちに力を貸し、一人ひとりに自分の〝ブランド〟を育てさせること。得意なものを何か一つ持たせるんだ。典型的な業績評価では弱点に重点がおかれ、その結果、みんなすべての項目について平均点を取るようになってしまっている。だけど、

優れた長所があってこそ、人は能力を発揮する。強みにこそ焦点を当てるべきだね。

そしていちばん大切なのは、部下にとって〝自慢の種〟になるものを職場につくること。何か誇れるものが、職場には必要なんだ。詩の朗読会を覚えているだろう？　きみも〝自分なりの詩の朗読会〟を見つけるべきだ。それは、ほかの業界の情報を集めて分

析することかもしれない。あるいは、部下たちと一緒に社会見学に出かけて他社の様子を知り、いちばん素晴らしいアイデアを拝借することかもしれない。でなければ、よそから講師を招いて、部下のプレゼンテーション・スキル向上のアドバイスをしてもらうことかも。どういうことをするのがきみに合っているか僕にはわからないけど、とにかくきみは〝自分なりの詩の朗読会〟を見つけるべきだ。

そして、こうしたいろんな試みをしているときも忘れてはいけない。目標は、きみの職場を〝最高の人が働くにふさわしい最高の場所〟にすることだということを」

長い間何も言わずに、マックスは私がメモを取り終わるのを待っていてくれた。彼の言葉を書きとめながら、私は、彼の言ったことはもちろん、ほかにもいくつかの試みを一、二週間以内に実行できそうだと思った。また、こうした試みに積極的に取り組んでくれそうな部下としぶる部下を、見きわめることもできた。それどころか、何人かの怠け者を追い払うのがいまから楽しみでさえあった。私はマックスに言った。

「今晩、飛行機を降りるまでに試みのリストを作ります。辞めてもらう必要のある部下がだれかということもわかりました」

「自信過剰は禁物だよ」マックスが警告した。「とんでもないことをしでかす奴もいるんだから。きみが、再就職の世話のこと、つまり波風を立てずに送り出す方法を知っているといいんだけどね」

「知っていますとも。うちの会社には良い社内募集の制度もありますし、自分を〝再就職の世話係〟だと考えれば罪悪感がいくらか軽くなって、規準を高くしやすくなります。やる気のない部下を追い払うのをずるずると先送りすることもなくなるでしょう」

「よくできた。じゃあ、採用については？」

「いまから私はスカウトになります。業界にいる優秀な人材を、片っ端から追い求めようと思います。いえ、業界以外にも手を広げます。良い人材が仕事を探してやって来るのを、待ってなどいません。私のほうから出向いてそうした人材をつかまえます」

「完璧だ。じゃあ次は、お手本とすべき人たちに注意を向けてもらいたいな――エージェントとかフットボールのコーチとか、セールス部隊のリーダーとかにね。たとえば、僕はこの間世話になっている株のブローカーのところへ行ったんだが、ついでにそこの所長に会って、トップクラスのブローカーぞろいだという評判だけれど、どうやって集めるのか、と尋ねた。彼はこう答えた。『町のすべてのトップ・ブローカーのことを頭に入れておくようにしているんです。そして、優秀なブローカー、つまりぜひにと思う人材には、こっちの存在を、コーヒーを〝ドリップ〟するみたいに少しずつアピールするんですよ』

具体的には、月に一、二度電話をかけたり、ときどきものを贈ったりするそうだ。『うちに来ないかという話は、私のほうからはしません。ただ、彼らが転職を考え始めたときに、彼らのほうから私にアプローチしてくるようにしたいんです』と彼は言っていた。最初は〝ドリップ〟するという考えが気に入らなかったが、頭から離れなくてね。なるほど、と思うところがあるんだ。彼らがどういう人間かを知るだけではだめで、自分がどういう人間かを彼らに知らせる必要があるってことだからね。きみが企画する〝詩の朗読会〟にも、採用したい人たちをときには招待したほうがいいかもしれない」

私は相変わらずものすごい勢いでメモを取っていた。マックスが笑って言った。

「僕たちのなんと真剣なことか。手本にすべき人たちといえば、コロラド大学でフットボールチームのコーチをしている、リック・ノイハイゼルのことを話しておこう。彼は永遠に続く採用方法を編み出した人だ。ノイハイゼルはチームをスキー旅行に連れていったことで非難されたことがあった。選手がケガをしたらどうするのか、ってね。彼は答えた。『選手がケガをすることは別にこわくない。私がこわいのは、選手が楽しみを持たないこと、うちのチームで過ごす時間がつまらないと思うことなんだ。私はうちでプレーするすべての選手に、自分の息子もここでプレーさせたいと思ってもらいたいんだ』」

がしっとばかりにマックスが私のひざをつかんだ。

「きみの部下の子どもがきみのもとで働くかどうかはわからないけど」彼は言った。

仕事は楽しくなくちゃだめだ。
職場から笑い声が聞こえてこなければ、
きみのやり方は間違っているということだろうね。

乗りに乗って何かをしているとき、人は絶好調と言ってもいいような特別のエネルギーを感じるものだから。そういうこともきみの規準にできるよ——廊下を歩いて、何回笑い声が聞こえたか数えるんだ」

マックスが冗談を言っているのかどうかよくわからなかったが、とにかく書きとめておく。いろんな人の言葉を集めた本やジョークの本を部署にそろえて、プレゼンテーションにユーモアを取り入れるようにしたほうがいいかもしれない、などと思いながら。それから声に出して私は言った。

「一時間あたりの笑いの回数をプレゼンの規準にするなんて、そこまで思い切ったことが私にできるでしょうか」

マックスはニコッと私に笑いかけた。

「いちばんの山は越えたね。きみはあのガラスの溝を壊したんだ。何をしなければならないかということじゃなく、自分にできるあらゆることを考えているんだから」

「それともう一つ」私は言った。「〝ほんもの〟だと思える上司を見つけるにはどうすればいいんです？」

「ああ、そうだね。物事はもう一方の面もちゃんと見ないとね。これからすることなすことによって、きみは異彩を放つ存在になる。そして、いいかい？　本当に優れた上司は、ハンターなんだ。今日からのきみは彼らにとって、これまでとは比べものにならない重要なターゲットになるよ」

「ええ、たしかに」と私は答えた。「ですが、ただ待っているだけでいいんでしょうか」

「そうだな、きみは待ってなんかいられないだろうね。僕たちはいままで、きみの部下がレベルアップするにはどんなふうに手助けすればいいか話をしてきたけれど、同じことをきみは自分のためにする必要がある——自分の強みを生かした仕事をし、〝自分なりの詩の朗読会〟を見つけること。独創的な選択肢を持つ人として知られるようになること。自分の仕事をさらに発展させる方法を求めて、社内はもちろん街中、国中、あるいは世界中をまわる必要もある。そうすることによって、〝ほんもの〟の上司に巡り合うことになるだろう。それと、求められたらいつでも応じられるようにしておくことだ」

「いつでも？」

「引っ込み思案になるなってことだよ。実際、いつも行っている会社のどこかにも、有能な上司はいるはずだしね」

「実は上司として仰ぎたい人が一人いるんです」

「きっと会社のだれもが、〝その人のもとで働きたい〟と夢見ていると思うよ。だけどそれを実現するのは、百人に一人かもしれない」

彼は、私が質問したそうな表情を浮かべるのを見て取ったらしかった。

「あーあ、僕の努力をわかってほしいな」ぼやくようにマックスが言う。「ずっと、してはいけないことをきみにしてきたのに。選択肢を考えさせるんじゃなく、どうぞとばかりに答えを教えてね。今度はきみが答える番だ。どうすれば、その人に誘いをかけてもらえるだろう」

「まず、彼のことを知る必要があると思います。でも、知るだけではだめですね。私の仕事を見てもらわないと。彼が関わっている全社的なプロジェクトを探して、うちの部署の代表として加わる努力をしてみます」

「それから？」

「私の部署で何か話をしてもらえないか頼んでみようと思います。部下のためにいろんな人を招いて〝弁当を食べながらの勉強会〟をやっている人ですし、きっと来てくれると思うんです。そうすれば、私たちの試みのことを詳しく知ってもらえます」

「そのとおり。求めれば道は自然と開けていく。ある程度つきあいが進展したら、〝ドリップ〟してごらん。そのうち、来ないかと誘いがあるから。僕が会ったある男は、尊敬する女性のもとで働きたいと思っていた。二人は同じ会社に勤めていたんだが、彼女のほうが昇進し、ついに社長になった。彼は連絡を絶やさないようにしていたので、当たり前のようにお祝いの電話をした。すると彼女が言ったそうだ。『あなたがそばにいてくれるといいんだけど』彼はこう返事をした。『そうなることを願っています』そして二週間後、彼は副社長になった」

「これで全部だ。僕の話はもうおしまい。あとはきみ次第だな」

マックスは椅子に身を沈めた。老いた体に少年の心を宿した人。七十数年分の好奇心からは、泡のように英知があとからあとから浮かんでくる。私は彼との会話が始まったときのことを思い返した。心は重く沈み、こんなふうに思っていた。仕事に意義を見いだせるだろうか。もし見いだせなかったら、人生にも意義を見いだせないんじゃないか。けれどいまの私は、これからは給料のために働くのではなく、〝自分なりの詩の朗読会〟を見つける努力をしようと思っている。弱点を補うことより、強みを伸ばすことを考えている。そして、忠誠心のなくなった会社の中でも、もう孤独を感じることはない。私はいくつもの同盟を結ぶのだから。私の心にはぜひ口説きたい有能な部下と上司が――〝最強の逸材〟たちが――すでにいた。

そんなことを考えながら、私は椅子に腰かけたまま、遠くに生えている背の高いサボテンを眺めた。ふとマックスのほうに目をやると、父親のような顔で私を見つめている。そのとき、私は不意に気づいた。マックスこそ、〝ほんもの〟の上司なのだと。そして、私を向上させ、彼の会社にふさわしい〝ほんもの〟の部下に変えようとしているのだと。

私がにっこり笑うと、マックスはグルーチョみたいな眉をつり上げてみせた。

「車を取ってこよう。へとへとになってしまう前に、もう一カ所寄っておきたいところがあるんだ」

椅子は深く、背もたれに角度があったので、マックスは片手を伸ばした。

「起こしてくれ」

私が両手で彼の手を取ると、マックスはもう片方の手を私の手の上に重ねた。彼が立ち上がっても、私は重ね合わせた手をしばらくそのままにしておいた。マックスは例の不器用なウィンクをし、いつものように豪快に笑った。私たちはしばし動かず、〝結びつき〟を考えていた。

エピローグ

帰りの飛行機は正午に離陸する予定だった。マックスが言っていたとおり、着いてからぴったり二十四時間後だ。車にゆられながら、私は会社に戻りたくてうずうずしている自分に気づいた。そんな思いを抱くのは、久しぶりだった。

けれどマックスは最後にもう一つ、びっくりするようなものを用意してくれていた。それは、ぜひ職場に浸透させたいと思うような、最後の教訓だった。

私たちは空港からそれほど離れていない、新興の工業地区へ入った。マックスは所有する会社の一つに用があってフェニックスに来ていたのだが、インサイトという会社にいる友人のところに立ち寄る約束もしていた。私と会う場所にフェニックスを選んだのも、この会社で行われるイベントを見せたかったからだった。

私たちはまず建物を見学した。巨大なX字形をしているので、社員は必然的に中央の環状交差路《ラウンドアバウト》に集まることになる、と昨日マックスが話していた建物だ。しかしなぜかその日の朝、社員はほとんど集まっていなかった。私たちは玄関ホールに戻った。三十分ほど前に通り抜けたときは閑散としていたのに、いまは何百人という社員であふれかえっている。そして、理容師が二人、社員の髪を次から次へとバリカンで刈っていた。

実はこういうことだった。幹部社員の一人、ジョン・モスが、ホジキン病（訳注／悪性リンパ腫の一種）を克服して職場に復帰することになった。いよいよ二週間後に戻ってくると決まったとき、モスの同僚の一人が若きCEO、エリック・クラウンのもとへ行き、モスが復帰するとき自分たちの部署でちょっと特別なことをしたい、と相談を持ちかけた。化学療法のためにモスの髪の毛は抜け落ちてしまっているので、エリックの許可がもらえるようなら、自分たちも何人か丸刈りにしようと思うのだという。エリックは反対するどころか、丸刈りにした人一人につき百ドルを、会社からアメリカ癌《がん》協会に寄付しようと提案した。さらに、もし丸刈りにする人が百人に達したら自分もやる、とも言った。

私はリストに名前を書いている若い社員と二、三言葉を交わした。彼は冗談めかして言った。「これで髪の毛とさよならです……モテモテの生活とも」そばでは気のきいたことに、青々とした頭が日に焼けないようにと、日焼け止めクリームが配られていた。

しばらくして坊主頭の数が百に達すると、ＣＥＯにも髪を刈ってもらおうと、大合唱が始まった。「エリック！　エリック！　エリック！」やがてエリックが現れたが、社員たちはすっかり興奮し、辺りをゆるがすような拍手と喝采《かっさい》がわき起こっていた。エリックの頭がつるつるになったあとも、理容師の前に並ぶ列はさらに続いた。最終的に髪を刈った人は百九十二人。うち四人は女性だった。

モスから話があります、とだれかが言った。彼にとってはなんとも妙な気分だろうなと私は思った。何週間ぶりの職場に一歩足を踏み入れたとたん、復帰を祝う垂れ幕と、ずらりと並んだ丸刈り頭を目にすることになったのだから。

モスが同僚たちの前に現れた。黒い目をした三十歳くらいの細身の男だった。社名のロゴ入りシャツを着て、はにかんだような笑みを浮かべている。彼がみんなの前に立つと、同僚の間から割れるような拍手がわき起こった。モスは声もなくただ感動し――いろんな感情が胸に渦巻いているのは見て取れた――戸惑ったような表情を浮かべて、一歩前に出た。

モスはやっとのことで感謝の言葉を二言三言口にしたが、ほとんど声にはならなかった。それから仲間たちの間を進んだ。モスがみんなのつるつるの頭に触れ、みんなも彼の頭に手を触れる。すべての人の目が、涙でうるんでいた。

マックスと私は端のほうで、言葉もなく立ちつくしていた。やがてマックスが私の肩に腕をまわしてささやいた。

「ねえ、きみ。これこそ〝非凡なる職場〟だね」

胸がいっぱいで一言も交わさないまま、私たちは空港へ向かった。ターミナルビルの前で私を降ろすと、マックスはレンタカーのエンジンをかけたまま、車を降りて私の背に腕をまわし、肩をぎゅっと抱きしめた。今年のうちに会いに行くと約束し、身を返す。車に乗り込むと、彼は私を呼び止めた。

「どこへ行けばきみに会えるか、僕にはすぐわかるよ――そこでは〝最強の逸材〟たちが闊歩《かっぽ》しているはずだからね」

そしていつものように豪快に笑った。私は彼の車が去っていくのを見送った。マックスの言葉をきっと実現させるぞと、固く心に誓いながら。

謝辞

本書は〝最強〟の上司の英知を集めたものである。彼らはみな実に寛大で、心やさしく、親しみやすい人々である。もしそうでなかったら、リサーチは決して、これほど楽しいものにはならなかっただろう。

参考文献を書こうとペンをとったのだが、その必要はないように思う――二、三の短い引用文を除くと、話も事例もすべて、本書のために特別に、あるいは私が書いている新聞のコラム用のインタビューの中で、優れた上司たちが話してくれたものなのである。代わりに、説明をしておこうと思う。私の使命は、彼らの話をまとめて、その英知にふさわしい本を作り上げることだった。そのための最良の方法として、私は会話形式で話を進めることにした（マーグリット・マクブライド・リテラリー・エージェンシーのキム・サウアーが、厳しくも愛情に満ちた助言をしてくれたおかげである）。ただ、もしうまく書けていたとしても、本当はきっかり一日で起きたことではないのだと知って、読者のみなさんは少々がっかりされるかもしれない。もちろん、〝マックス〟なる人物は存在する——彼の人となりのモデルはロジャー・アクスフォード。大学教授を退官し、いまではフルタイムで奇人をやっている私の友人である。見聞きしたことをわかりやすく表現するのに、ロジャーの人間的魅力はまさにもってこいだった。もう一人の登場人物は、私であり、(願わくば)あなたであり——そして、すべての管理職の人たちである。また本書にあげた話は、会話文らしくなるようアレンジはしているが、すべて実話である。

本書に登場するすべての〝ほんもの〟の上司に、それからノーム・ストアー、スティーヴ・ブラウン、ボブ・ネルソン、スティーヴ・パッチェン、ジム・フィッケス、リチャード・グディング、ロジャー・アクスフォード、わがドーテン家のたくさんの人たち——ジェリ、サンディ、ヒラリー、トレヴァー、二人のジョエルに、ありがとうと言いたい。そしてエージェントのマーグリット・マクブライドと彼女のチーム、編集者のヘンリー・フェリス、ウィリアム・モロウのみなさんにも、心から感謝申し上げる。

読者のみなさんへ

マックスについて詳しく知りたい方は、拙著『仕事は楽しいかね？』をお読みいただきたい。自分の仕事にうんざりしたり不満をつのらせていたり、「大人にはなったものの、何がしたいのか自分でもわからない」とぼやいている人たちのために書いた本である。あなたもそうなら、マックスが喜んで話をしてくれるだろう。

インターネットに接続したときは、www.dauten.com にも寄っていただきたい。また、質問や意見、あるいは事例があれば、dale@dauten.com にメールを送っていただければ幸いである。

本書は「マックス・メモ」を改題・再編集したものです。

【著者略歴】デイル・ドーテン　Dale Dauten

アリゾナ州立大学大学院（経済学）卒業後、スタンフォード大学大学院で学ぶ。1980年、マーケティング・リサーチ専門会社、リサーチ・リソーセス（Research Resources）を起業し、マクドナルド、3M、P&G、コダックなど大手優良企業を顧客に持つ全米でもトップ・レベルの会社にまで成長させる。1991年、新聞に執筆したコラムが好評を博し、執筆活動を開始。現在米国を代表する人気コラムニスト。氏が執筆するコラムは、100社以上の新聞社に配信され、毎週1000万人以上に愛読されている。執筆活動のかたわら、企業講演、従業員訓練やキャリア・セミナーを主催し、意思決定論、人材育成、キャリア・アップによる能力開発や成功をテーマに独自の理論を展開している。

【訳者略歴】野津 智子（のづ・ともこ）

獨協大学外国語学部フランス語学科卒業。在学中に、外国語を日本語に表現し直すおもしろさを知り、翻訳の勉強を開始。現在は、ノンフィクションやビジネス書を中心とした出版翻訳に日々奮戦している。芸術関係の字幕翻訳も手がける。『鉄仮面』（ニュートン・プレス）でデビュー。その他の訳書に、『仕事は楽しいかね？』（きこ書房）、『正しければ、それでいいの？』（ダイヤモンド社）、『プレジデンシャル・セックス』（KKベストセラーズ）などがある。

装丁◉本山吉晴
カバーイラスト◉浅野桂子
本文レイアウト◉宮本久美子
編集◉松隈勝之・高橋佐智子

仕事《しごと》は楽《たの》しいかね？　2

2002年7月27日　第1刷発行
2002年9月5日　第4刷発行

著　者…………デイル・ドーテン
訳　者……………………野津智子
発行者……………………寺岡雅己
発行所……………………きこ書房

〒163-0240
東京都新宿区西新宿2-6-1　新宿住友ビル40階
TEL03-3343-5364　振替00140-4-65541
ホームページ　http://www.kiko.shinjuku.tokyo.jp

印刷・製本　大日本印刷株式会社

ISBN4-87771-083-3